公爵令嬢エスターの恋のはじまり

王子様は私のよわよわ光魔法をご所望です

ルーシャオ

23574

角川ビーンズ文庫

Contents

エスター
ド・モラクス公爵令嬢。
珍しい光魔法を使えるが、
いまいちパッとしない
イヴリース
リュクレース王国第一王子。
婚約者を密偵テネブラエに
狙われる
公爵令嬢エスターの恋のはじまり
王子様は私のよわよわ光魔法をご所望です
人物紹介

モルガン

エスターの父。
力素《マナ》に弱く、
太陽の下に出られない

オーレリア

エスターの母。
強力な光魔法の使い手

テネブラエ

北方にある商業都市国家
ニュクサブルクの密偵。
リュクレース王国を操ろうと
画策する

レナトゥス

エスターの双子の兄。
妹大好きな剣術馬鹿

本文イラスト／カラスＢＴＫ

序章　光魔法の使い手［Ester］

光あれ、と神様は言いました。

世界が明るくなったのはそれからあとのことで、魔法によって光を生み出せる人のことを――神様の祝福を得ているだとか、巫女《みこ》や聖女だと持て囃《はや》した時期もあったと聞いています。

でも、光るだけの魔法というのは、やっぱり火や水を生み出せる便利な生活魔法、開墾《かいこん》や建築にも使える土の実用的な魔法といったものより、優先順位は低くなっていきました。

今では光魔法の使い手は大きな城や宮殿《きゅうでん》の照明係です。王侯《おうこう》貴族にとっては雇《やと》っていることと自体がステータスですが、そんなことは一般庶民《いっぱんしょみん》にはほとんど関係ありません。

ただ、今現在となっては、少なくともリュクレース王国の王族の間では、そんなことさえも忘れ去られていたようです。大陸の一の大国である以上、光魔法の使い手なんて全土を探せば実はそこそこいるのかもしれません。でも、とある事件によりその認識《にんしき》は誤りだと知れ渡《わた》り、王様はとても恥《はじ》をかいてしまったそうです。

それが私の生まれる前、ざっと十五年前のことです。

申し遅《おく》れました。私、エスター・ド・モラクスと申します。

父はド・モラクス公爵《こうしゃく》モルガン、公爵夫人である母は光魔法の使い手オーレリアです。母はちょっとした有名人で、昔は王城中の明かりを灯《とも》していたほど力も技量もある光魔法の使い手なのです。えへん。

まあ、私は母譲《ゆず》りのブラウンの髪《かみ》と目の色と同じく、一応光魔法を使えるのですが、母には及《およ》びません。せいぜいが悪戯《いたずら》に使えるくらいです。生まれつき外に出られない父を驚《おどろ》かせようと、双子《ふたご》の兄と散々遊びに光魔法を使ったので無駄《むだ》に器用なのですが、どうにも出力が足りなくてぴかっと明るい光が出せません。一方で、兄は剣術《けんじゅつ》に光魔法を取り入れて目眩《めくらま》しをして怒《おこ》られたりしています。

さて、私は今、あるお方に呼び出されてリュクレース王国王城に来ています。実は初めて来ました。ド・モラクス公爵領はリュクレース王国の西端《せいたん》にあるので、国土のほぼ中心にある王都に来たことも、一人で領地から離《はな》れたことも初めてなのです。どんなところなのだろう、と私は呼ばれたことよりも初めての旅行、知らない土地への期待感のほうが大きく、わくわくしながら――ついてこようとした兄へ厳重に注意しておいて――やってきました。

ただ、今まで王都に近づかなかったのは、太陽の下に出られない父の体質の事情を勘案《かんあん》してのこともあったのです。それがあってド・モラクス公爵家は舞踏《ぶとう》会に参加する側ではなく、主催《しゅさい》する側なので、なんともやむなし。そもそも大型の国際港があって外国との交流も活発なうちの領地は、リュクレース王国でもっとも栄えている、と評されていることは言わない約束です。言ってしまえば、リュクレース王国王家はド・モラクス公爵家よりも貧乏《びんぼう》なのに偉《えら》そうにしている、ということになってしまって、権威《けんい》ガタ落ちだからです。

一応、王様には配慮《はいりょ》しよう、そのくらいの気遣《きづか》いは我が家にもあります。

母が柔《やわ》らかな光を灯しているうちの屋敷《やしき》とは違《ちが》い、たくさん大きな特注の蠟燭《ろうそく》が灯った王城の廊下《ろうか》を侍従《じじゅう》に先導され、私がやってきたのは、宰相《さいしょう》閣下の執務《しつむ》室でした。

ウォールドネーズ宰相閣下は、もう何十年もリュクレース王国の宰相を務めておられる方です。この方のおかげで今のリュクレース王国が存在していると言っても過言ではない、名宰相として名高い人物です。少なくとも、ここ何十年と、戦争という暴力的な手段に頼《たよ》らず、穏和《おんわ》に外交手腕《しゅわん》だけでこの大陸の平和を維持《いじ》しているのですから、間違《まちが》いなく後世には頭脳明晰《めいせき》な偉人《いじん》と評されるであろう方でしょう。

私は初めてお会いしますが、どんな方でしょうか。怖《こわ》い方でなければいいのですが。

宰相閣下の執務室の扉が開かれ、奥には壁《かべ》一面の採光窓、そして山ほどの書類と本に囲まれたご老人が一人、いらっしゃいました。

　ご老人は立ち上がって、機敏《きびん》にやってきます。

「ごきげんよう。君がエスター・ド・モラクスか」

「はい、初めまして、ウォールドネーズ宰相閣下」

「堅苦《かたくる》しい挨拶《あいさつ》は抜《ぬ》きにしよう。椅子《いす》にかけたまえ」

　私はそう勧《すす》められて、植物模様の彫《ほ》られた存外かわいい椅子に座ります。四人用のテーブルを挟《はさ》み、宰相閣下も席に着きました。

　なんだか、怖い人ではなさそうです。どうすればいいのか、世間話でもすればいいのか、と私がまごまごしていると、宰相閣下から声をかけてくれました。

「実はな、初めましてではないのだよ」

「え？　そうなのですか？」

「ああ、一度だけ、ド・モラクス公爵主催《こうしやくしゆさい》の晩餐《ばんさん》会に出たことがあってな。君がこんなに小さかったころのことだ」

　こんなに、と宰相閣下は机の高さほどに手を示します。

「そのときに、君と君の兄が持っている真っ白な紙に、驚かされたのだよ」

　晩餐会、真っ白な紙、兄。

　私はふと、思い出しました。あれは六、七年ほど前のことです、屋敷での晩餐会前に悪戯が完成したので、父に見せに行こうと兄と一緒《いっしょ》に晩餐会へ乱入してしまったことがありました。子どもって無邪気《むじゃき》ですからね、そういう無礼なことをしてしまったのです。

その悪戯は――白紙へ、ちょっと工夫《くふう》した光魔法を当てると見える文字、というものでした。それを晩餐会の客たちの前で見せびらかして驚かせた、確かそんな話です。

私はそんな些細《ささい》な出来事を憶《おぼ》えている宰相閣下に、驚きを隠《かく》せません。

「ああ、あれのことですか！　あれは……子どもの悪戯で、あぶり出し文字のように光を当てれば見える文字を作ろうと思って」

「それができるのは、光魔法の使い手だけだよ。少なくとも、我が国の技術ではできぬ」

「そんな、大袈裟《おおげさ》な」

私は謙遜《けんそん》、というよりも割合本気で大したことではない、と思っていました。だって、見えない文字に光を当てて、浮《う》かばせるだけですよ？　そんなの、子どもの悪戯以外何に使うというのでしょうか。

そう思っていたら、宰相閣下は一枚の白紙を私の前に出してきました。

「この紙を、読んでみてくれるかね」

白紙を受け取り、私は不思議に思いましたが、すぐに話の流れからピンと来ました。

「ああ、これは、同じような仕組みですね。えい」

テーブルに置いた白紙の上に、右手をかざし、私は光魔法を使います。ほの暗い光です、ともすれば暗闇《くらやみ》が光っているかのようにすら見える光を、紙へと照らします。

「んー……微調整《びちようせい》して、こうかな」

少しずつ強さや角度を調整すると、白紙にははっきりと、光る文字が浮かび上がりました。若干《じやつかん》黄緑色と紫色《むらさきいろ》に光る文字、それを目にした宰相閣下は大層喜ばれます。

「うむ、実に素晴《すば》らしい。それほど繊細《せんさい》な技術を持っているとは」

「あはは、大したことじゃありません。えっと、内容は」

私は他人に褒《ほ》められて、ちょっと浮かれていたのだと思います。文字じゃないですが、浮《うわ》ついていました。家族内でも光魔法《まほう》の出来不出来の話題については何となく避《さ》けられていて、評価されることが滅多《めった》にないものですから、子どもっぽく喜んでしまっていました。

そして私は、馬鹿《ばか》正直に、光る文字を読んでしまったのです。

「プレツキと接触《せつしよく》、籠絡《ろうらく》せよ」

読んだあとで、私は、ん？　とその短い内容に引っかかるものを覚え、宰相閣下へ尋《たず》ねます。

「あの、これは一体？」

宰相閣下の顔は、孫を前にしているように微笑《ほほえ》みながらも、目が笑っていませんでした。

「プレッキとは、おそらくプレッキ公爵令嬢《こうしゃくれいじょう》アマンダのことだろう。そして、彼女は現国王の一人息子《ひとりむすこ》であり王位継承《けいしょう》順位一位、第一王子イヴリース殿下《でんか》の婚約者《こんやく》だ」

プレッキを籠絡せよ。

宰相閣下の言葉と合わせれば、つまりはプレッキ公爵令嬢アマンダという女性を手中に収めろ、味方につけろ、という話です。そして彼女はこの国の第一王子イヴリース殿下の婚約者。

私からすれば、はあ、そんな人もいるのですね、くらいのことです。なんと言ってもド・モラクス公爵家はリュクレース王国の他《ほか》の王侯《おうこう》貴族とあまり積極的な交流はしていません。というよりも、勝手に色々言ってくるので、ほとんど事務的な対応しかしていないのです。それは他の貴族たちにド・モラクス公爵家が影響《えいきょう》力を行使しているなどと思われないよう、つまり王家に睨《にら》まれないためでもあり、ド・モラクス公爵家の莫大《ばくだい》な財力目当てに近付く貴族とは仲良くなるのをお断りしているわけです。関係があるのはもっぱら信用の置ける国内の商人や外国の貴族以外の顔を持つ実業家や学者など、政治的な立場は基本的に中立で、たまにやる晩餐会なども親族関係が中心です。そこに入ろうとあの手この手を使ってくる人がいて困る、と父が漏《も》らしているのを聞いたことがあります。

なので、プレッキ公爵令嬢もイヴリース殿下も、たとえ同じ国の王侯貴族であっても、私やド・モラクス公爵家にとってはほぼ知らない人々、ほぼ関係のない人々の話なのです。

あとは、リュクレース王国はとにかく東西に広いですから、親族でもなければ王侯貴族だろうと社交界に出入りしないかぎりはそう簡単には知り合えない、そういう事情もあります。

　ということは、ド・モラクス公爵家にとっては、その二人の婚約の話は口を挟むことでもなし、お好きにどうぞ、という話なのですが――。

「とはいえ、イヴリース王子殿下はまだ十三歳。対して、アマンダは十九歳。政略結婚《けっこん》であり、アマンダはそれに不満を持っている、とこの老いぼれの耳にも入ってきていてな」

　ふむふむ。アマンダは結婚に不満。

　そのアマンダを、籠絡。

　ようやく、私の中で言葉の意味が繋《つな》がり、その重大さが分かってきました。

「まさか、籠絡って……不満を持った将来の王妃《おうひ》を、ですか？」

　私の顔はちょっと引きつっていたと思います。とても俗《ぞく》に、簡単に言えばそう、『すっごくヤバそうな話』、です。それが事実であれば、王城を揺《ゆ》るがすスキャンダル一直線です。何せ、将来の王妃へ不貞《ふてい》を促《うなが》せ、と言ってきているようなものですから。

　私の答えに満足したのか、宰相閣下はやはりシワの深い笑顔《えがお》です。

「聡《さと》いな。さすが賢才《けんさい》と名高いド・モラクス公爵の娘《むすめ》だ。そう、これは北方の商業都市国家ニュクサブルクの密偵《みってい》、テネブラエに対しての指令だ」

「テネブラエ《闇》、ですか」

「やつが好んで使う偽名《ぎめい》だ。私の配下にもいくらか密偵やそれに類する者たちがいる、彼らでさえもテネブラエと接触はおろか、その痕跡《こんせき》を滅多に見つけることはできぬ。だが、やつもやっと尻尾《しっぽ》を見せた。王都にある、とあるニュクサブルクの息のかかった商館でこれを押収したのだ。やつを捕《つか》まえるつもりで踏《ふ》み込んだものの、あと一歩のところで逃《に》げられてしまった」

これ、すなわち見えない文字で指示の書かれた紙です。他国の密偵のものでしたか。それは確かに『ヤバい』ですね。私も屋敷《やしき》に来たばかりの年若いメイドたちのような言葉遣《ことばづか》いになってしまいます。あれ、これって知ってしまったら始末されるようなことでは？

いやいや、まさかまさか。

なんだか現実味がなく、しかし緊急《きんきゅう》事態であることは宰相《さいしょう》閣下の口ぶりから伝わってきます。王国宰相ともあろう方が、嘘《うそ》でこんなことは言わないでしょう。

ですから、そこに私を呼ぶ意味があるのです。すべての話は繋がっている、となるとこうです。

「あ、ひょっとして、私が呼び出されたのは」

私は咄嗟《とっさ》に右手の光を消しました。嫌《いや》な予感がやっとしましたが、時すでに遅《おそ》し。

「聡い子だ。分かってしまったかな」

宰相閣下、私へ圧をかけてきました。これは逃げようがありません。気付いたことを正直に答える以外、方法はありませんでした。

「密偵テネブラエの連絡《れんらく》手段である特殊《とくしゅ》なインクで書かれた手紙を読む方法は限られていて、その限られた方法……つまり、私のこの光魔法を使って、テネブラエの捕獲《ほかく》に協力しろ、ってことですよね？」

「うむ。何、危ないことはない。公爵令嬢を危険に晒《さら》す真似《まね》はせぬ、そこは安心したまえ」

「は、はい」

それは建前では、と思いましたが、私は何も言いません。逃げ道を自分で塞《ふさ》ぐ必要はないのです。

「このテネブラエ宛《あ》ての指示書は、特殊なインクで書かれており、インク跡《あと》さえも肉眼では確認《かくにん》できない。テネブラエの残したものがただの白紙のはずはない、何かが書かれているはずだ、と私が見抜《みぬ》けたのは、ひとえに君と君の兄が遊んでいた光景を見ていたからだ」

なるほど、年の功、というか経験がなせる業《わざ》で、おそらく見えない文字があるのだろう、と宰相閣下は気付いた、と。それはそれですごい気がします。普通《ふつう》なら確かに、なんだただの白紙か、書く前だったのだろう、と見逃《みのが》すでしょう。

まあそれは私と兄が悪戯《いたずら》をしたから宰相閣下は気付いたわけで、巡《めぐ》り巡って私は自分の首を絞《し》めているような気がします。密偵の捕獲、それって警察がやることでは、と私の頭には疑問が浮かび、言っても詮ないことだと沈《しず》んでいきました。私の母方の祖父と伯父《おじ》は確かに騎馬《きば》警察官ですが、私はただの貴族令嬢《れいじょう》です。ちょっと光魔法が使えるだけです。それを活《い》かして協力してくれ、とこの国でもっとも人々の尊敬を集めるであろう宰相閣下直々に頼《たの》まれたのなら、協力はやぶさかではありませんが、これで話が終わるとも思えないのです。

案の定、宰相閣下はこう続けました。

「ただ、な?」

「ただ、何でしょう?」

ごくり、と固唾《かたず》を呑《の》み、私は宰相閣下の次の言葉を待ちます。

重々しく、宰相閣下の口が開かれました。

「君にはイヴリース王子殿下の話し相手になってもらいたい」

どうして?　ブルクワ

ド・モラクス公爵領の方言がうっかり出そうになりました。私はこほん、と咳払《せきばら》いをして、まだ混乱しているので部分的に問います。

「ちょっと待ってください。嫁入《よめい》り前の淑女《しゅくじょ》が?　婚約者のいる王子と会う?」

「君こそ、少し立ち止まって考えてみたまえよ。王城に来たことのなかったド・モラクス公爵令嬢が、なぜ今の時期、舞踏《ぶとう》会もなく公的な儀式《ぎしき》もないのにやってきたのか?　まさか馬鹿正直にテネブラエ逮捕《たいほ》に協力するため、だとは言えぬだろう？」

「ア、ハイ、ソウデスネ」

宰相閣下の言うことは、いちいちもっともです。普段《ふだん》は貴族と接触《せっしょく》もそれほどなく、王城にだって初めて来たような公爵令嬢《こうしゃくれいじょう》の存在を、不思議に思わない人など少なくとも王城にはいません。

でもその方便は、割と私の体面にとっては重要な気がするのですが、宰相閣下もそれは当然把握《はあく》しており、さらにそれを利用する手立ても考えておられました。

「国王陛下にはすでに話を通してある。プレッキ公爵令嬢アマンダに少々不審《ふしん》な点があるゆえ、イヴリース王子殿下《でんか》を守るためにカマをかける、と」

「そのカマって、まさか表向きは私を王子様の将来を見越《みこ》すような親しい友人にすること、とか言いませんよね？　まーさかー」

私の軽いジョークを、宰相閣下は至極真面目《しごくまじめ》に肯定《こうてい》します。

「それ以外、何だと思うのだ」

「まさかー！」

衝撃《しょうげき》は激しく、私は天を仰《あお》ぎました。淑女としてそれは外聞的にどうなのですかね、と私が口に出す前に、宰相閣下は弁明します。

「分かっている。歴史ある名門ド・モラクス公爵家にとっては、一族から王妃を出すことなど大した意味もなく、むしろ王家からの無理な要請《ようせい》を断れなくなる原因となりかねない。だから、決して私や国王陛下は君をイヴリース王子殿下と結婚させようとしているわけではない、と念書を書いておこう。あくまで、テネブラエを捕まえるためだ。君がイヴリース王子殿下と親しくなっているように見せかけて、プレッキ公爵令嬢アマンダを揺さぶる。そこにテネブラエは必ずつけ込んでくるはずだ。あとは、私と私の部下たちの出番だ。このことはイヴリース王子殿下にもよく伝えておく、問題あるまい」

もう一度言います。宰相閣下の言うことは、いちいちもっともです。それでも私は最後の抵抗《ていこう》をします。

「きょ、拒否《きょひ》権の行使は」

「できると思うか？」

「デキナイデスヨネ……ハイ」

これが現状、最速、最善の方策である、と示されてしまっては、もうこれ以上私は抵抗などできるはずもありません。知ってしまって助力を請《こ》われた以上は、国のため、イヴリース殿下のため、さすがに働かなくてはなりません。私は基本的に頼まれごとを断れない性分《しょうぶん》なのです、まさかそこまで宰相閣下はご存じなのでしょうか。その情報収集能力の高さは恐《おそ》ろしいですが、ありえそうです。

宰相閣下はにっこり、満面の笑《え》みです。

「決まりだな。王都での生活はブレナンテ伯爵《はくしゃく》夫人の『ミセス・グリズル』に頼んである。事情も知っているし、何より伯爵夫人は元密偵だ。護衛としては申し分ないし、色々面白《おもしろ》い話を聞かせてもらえるかもしれぬぞ、よかったな」

宰相閣下は立ち上がってやってきて、私の肩《かた》を叩《たた》きました。私は愛想《あいそ》笑《わら》いをするだけでいっぱいいっぱいです。そんな気軽に重大任務をただの貴族令嬢に押し付けないでほしい、と思いましたが、後の祭りです。

こうして、私の王都での短い生活が始まりました。

第1章　イヴ王子［Lux-race］

王都で滞在《たいざい》する場所は、ウォールドネーズ宰相閣下のおっしゃったとおり、ブレナンテ伯爵邸《はくしゃくてい》です。統治する土地を持たない名誉《めいよ》的な貴族であるブレナンテ伯爵家は、代々王都につつましやかに暮らしていました。

なので、伯爵邸とは言いますが、王都の住宅地の一角にあるただの一軒家《いっけんや》です。我が家とは比べるべくもない、普通の家です。少しばかり他《ほか》の家よりは大きいものの、貴族の邸宅と教えられると拍子抜《ひょうしぬ》けするような、ありふれた家です。何かこう、王都への期待とか、そういうものが壊《こわ》された気がします。ブレナンテ伯爵邸が悪いわけではないのですが、はい。

昨日の夜、このブレナンテ伯爵邸にやってきた私は、疲《つか》れていてそのまま寝室《しんしつ》に案内され、眠《ねむ》りにつきました。私を案内してくれた通称『ミセス・グリズル』、現ブレナンテ伯爵夫人グリズル・アルブレヒト・ブレナンテは、私を温かく迎《むか》え入れ、ベッドと毛布と布《ふ》団《とん》の間に放《ほう》り込んで、おやすみなさいと優《やさ》しく声をかけてくれました。ウェーブのかかった黒髪《くろかみ》をまとめ、伯爵夫人というよりも働き者の商家の女主人のような、テキパキとさっぱりした雰囲気《ふんいき》の女性です。私にとっては貴族よりも馴染《なじ》みのあるタイプの方で、安心できます。

朝、起き出した私は、食卓《しょくたく》にあるティーポットから注がれる薄《うす》い緑色の液体――お茶でしょうか、その正体を尋《たず》ねます。

「ミセス・グリズル、これは何ですか？」

すると、ミセス・グリズルは楽しそうにおしゃべりします。

「ああ、これはね、イヴ様のお好きなハーブティーよ。実はね、イヴ様はよくうちにも来られるのよ」

「え？　王子様なのに？」

「私の夫の父、義父の先代ブレナンテ伯爵がイヴ様の教育係の一人だったのよ。誠実な方でね、王家の信頼《しんらい》が厚かったの。イヴ様は義父を頼《たよ》って、というか遊びに王城を抜《ぬ》け出して、ここでよくお茶会をしているというわけ。王城は何かと息が詰《つ》まるようなの」

なるほど、ウォールドネーズ宰相《さいしょう》閣下が私へここを紹介《しょうかい》したのは、ミセス・グリズル以外にも先代ブレナンテ伯爵、そしてその繋《つな》がりでイヴリース王子殿下と知り合えるように、ということだったのです。

一人得心がいって、私はハーブティーをご馳走《ちそう》になります。ミセス・グリズルは慌《あわ》ててオーブンの前に戻《もど》り、グラタンの焼き加減を見ていました。

「今、先代ブレナンテ伯爵はどこに？」

「引退してからは郊外《こうがい》に畑を買って、そこで毎日野菜を作っているわ。日も昇《のぼ》らないくらい朝早くからね」

「へぇ、素敵《すてき》ですね。うちの庭にも、子ども用の小さい畑があって、兄とどっちが大きなキャベツを作れるか、って競争していました」

「ド・モラクス公爵家《こうしゃくけ》は自由でいいわね。あ、嫌味《いやみ》じゃないわよ。やっぱり、イヴ様もそういうことを経験したほうがいい、って義父も言っていたし、子どもはのびのび育つべきよ。それに比べて、うちの子ったらちょっと頭がいいからって夫に連れられてシャルトナー王国へ留学させられちゃって……可愛《かわい》い盛りなのに、一緒《いっしょ》にいられないのはつらいわ」

はあ、とミセス・グリズルはため息を吐《つ》きます。昨日ウォールドネーズ宰相閣下から聞いた話では、現ブレナンテ伯爵は外交官だとか。ウォールドネーズ宰相閣下の方針で、最近は子女の外国への早期留学が推奨《すいしょう》されているらしく、ブレナンテ伯爵は任地へ、留学名目で子どもを連れていったのだとか。でもミセス・グリズルはウォールドネーズ宰相閣下からいつ召集《しょうしゅう》があるか分からないし、先代ブレナンテ伯爵など家族を放っておくわけにもいかず、ついていけなかったそうです。

うーん、子どもが母親と離《はな》されるというのは、一概《いちがい》にも言えませんが、母親にとってはつらいことでしょう。片や、子どもは親の目のないところでのびのびと育つこともあるでしょうし、まあ、なんともですが。

熱々のグラタンを柔《やわ》らかな朝日の差し込むダイニングでいただく、という優雅《ゆうが》な朝食が済んで、食卓でくつろぎながら、ミセス・グリズルと他愛《たあい》のない話をしていたときでした。

玄関《げんかん》のほうからがさがさと騒《さわ》がしい音がして、おーい、と家の中へ呼びかける老年の男性の声がしました。

ミセス・グリズルはすぐに立ち上がります。

「あ、帰ってきた。はーい、今行きます」

「私も」

ブレナンテ伯爵家の誰《だれ》かが帰ってきたようです。私もミセス・グリズルの後ろにくっついて、玄関へ向かいます。

ミセス・グリズルによって素早《すばや》く玄関の扉《とびら》が開かれると、両手いっぱいに青菜やハーブを抱《かか》えたハンチング帽《ぼう》の初老の男性が、おや、と目を見開いていました。ズボンの裾《すそ》や靴《くつ》には土がついていて、一見して庭師かと思ってしまいました。

「おお、その子が……オーレリアの娘《むすめ》さんかい？」

母の名を出されて、私は反応します。

「はい、オーレリアの娘、エスターと申します。母のことをご存じなのですか？」

「もちろんだとも。一緒に王城で働いていた仲だ、とはいっても彼女は辞《や》めさせられてしまって、私は上司なのにオーレリアを守れなかったが」

王城で働いていた、母の上司。ああ、この方が先代ブレナンテ伯爵でしょう。後悔《こうかい》の念をあらわにしたその様子に私はなんだか、胸が締《し》め付けられます。ご老人が悔《く》やむ姿というのは、とても悲しくなってしまいます。

その雰囲気を破ってくれたのは、先代ブレナンテ伯爵の後ろにいた少年でした。

「先生、そんな話は後にしてください。後ろ、つかえてます」

先代ブレナンテ伯爵を先生、と呼んだ私と背が同じくらいの十二、三歳程度の少年――灰色がかった毛先に、焦茶色《こげちゃ》の髪《かみ》をした、利発そうな男の子です――は、生意気にもそう言いました。

先代ブレナンテ伯爵はすぐに顔を上げ、後ろの少年に謝ります。

「おお、すまないね、イヴ。かぼちゃは台所に運んでくれ」

「分かりました」

イヴ、と呼ばれた少年はその手にオレンジ色の小さなカボチャがいっぱいに入ったかごを持っていました。お祭りで使うような大型のカボチャと違《ちが》って、甘味があって美味《おい》しいカボチャです。

私たちの横を通り、イヴ少年はさっさと中へ入っていってしまいました。それを見ていた私は、はっと気付きます。

「イヴ？　もしかして、あの子がイヴリース第一王子殿下《でんか》ですか？」

「そうだよ。どうやら、恥《は》ずかしがっているようだ」

「はあ、そうなのですね」

少々生意気でぶっきらぼうなのは、恥ずかしいから、なるほど、そうなのかもしれません。多分ですが、先生と呼ぶほど親しい先代ブレナンテ伯爵《はくしゃく》が落ち込まれていたから、イヴリース王子殿下ことイヴは状況《じょうきょう》を打開しようと、気を遣《つか》ったのでしょう。遣い方がいまいち不器用だったのは、まだお年が若いからでしょうね。

なんだか、悪い方ではなさそうで、私は安心しました。が、よく考えれば宰相閣下と初めて会った昨日も同じことを思った気がするので、やはり用心しなければ。

などと思いつつ、ミセス・グリズルが先代ブレナンテ伯爵とハーブ類を仕分けしている間に、手持ち無沙汰《ぶさた》な私は台所で小さいカボチャを布巾《ふきん》で拭いているイヴへ話しかけます。

「こんにちは、イヴリース様」

「ん。お前がエスターか？」

「はい。短い間ですが、よろしくお願いいたします」

「分かった。パンプキンパイを作るから、お前も手伝ってくれ。あと、イヴでかまわない」

「はい、承知いたしました」

滑《なめ》らかに話の流れで、私はパンプキンパイ作りのお手伝いをすることになりました。こう見えて私、料理はできるのです。太めの包丁を受け取り、分厚いまな板の上でカボチャを両断していきます。

それを見てか、イヴは感じ入ったようにこう言いました。

「公爵令嬢《こうしやくれいじよう》なのに、包丁が使えるのか……」

「そうですね、父のために私と兄は色々やりましたから。ああえっと、私の父は光に弱く外に出られない体質で、私と兄は外で面白《おもしろ》かったものなどを父に伝えるために、作った野菜を見せたり、一緒に料理を作ったり、あとは光魔法《まほう》を使ったゲームをしたり」

思えば、私は何一つ公爵令嬢らしくないですね。鉄製のスプーンでカボチャのわたを取りながら、子どものころの思い出の中を探しますが、公爵令嬢らしい記憶《きおく》というのはまるで存在しませんでした。その原因は、他《ほか》の貴族と関《かか》わりが薄く、必要以上に着飾《きかざ》って貴族らしくする必要がないド・モラクス公爵家特有の事情にあるので、ただ悪いわけではないのですが。

「とはいってもですね、あまり年の近い他の貴族令嬢と会ったことはなくて、友達もいないのですよね……母が言うには、他の方に比べて、私は貴族令嬢らしくないそうですが、よく、分かりま、せん！」

どがん、と音を立てて包丁はまな板に振《ふ》り下ろされ、カボチャは次々下準備を終えられていきます。隣《となり》にいるイヴが勝手知ったるとばかりに蒸し器の用意をしていました。こちらも王子らしからぬ方ですね。仕方ありません、私は他人のことは言えないのです。

「種は天日干しして炒《いた》めるから残しておいてくれ」

「イヴ様も召《め》し上がるのですか？」

「先生がよく作ってくれるんだ」

　私とイヴは、下ごしらえしたカボチャを蒸《む》し器に並べ、蒸し上がるまでカボチャのわたから種を取り出す作業に取り掛《か》かりました。干してから炒《い》って種を割って中身を出して、オリーブオイルと塩胡椒《しおこしょう》で炒めるのです。世話になっていた庭師たちがおやつに食べていたのを、私もつまみ食いしていたので、その味は知っています。香《こう》ばしくてカリカリとして、ひまわりの種と並ぶくらい美味しいのです。

　それをまさか、リュクレース王国の王子様まで食べていたとは、世界は思ったよりも狭《せま》いなぁ、などと私はしみじみします。ただそれは、イヴも同じだったかもしれません。公爵令嬢がカボチャの種を食べるのか、と思ったに違いありません。

　しかし、イヴはそんな変な公爵令嬢に親近感が湧《わ》いたらしく、料理をしながら話しかけてくれるようになりました。

「なあ、エスター」

「はい、何でしょう？」

「お前は光魔法の使い手で、それでテネブラエの秘匿《ひとく》した連絡《れんらく》手段を読めるから王都へ来た、と聞いたが」

「ハイマアソウデスネ」

私は自分からどうしても来たくて来たわけではないですが、その認識《にんしき》は間違《まちが》っていませんので否定しません。

「そうか……お前にも、苦労をかけているんだな」

「えっと、そうかもしれませんが」

「本来なら婚約者《こんやく》を守るために、俺が主導してことの解決に当たるべきだが、今の俺には権力らしいものもないし、ウォールドネーズからは年齢《ねんれい》を理由に危険から遠ざけられるだけだ。そもそも、王子が不甲斐《ふがい》ないからそんな企《くわだ》てをされるのだろうし……いや、それでも、できることはしたい、もし俺にも協力できることがあれば言ってほしい」

イヴは料理ではなく、私を見据《みす》えて、そう言いました。

イヴはリュクレース王国の第一王子です。それ相応の自負はあり、だけどまだたったの十三歳ですから、何もできないも同然です。政治にせよ、社交にせよ、力不足は否《いな》めません。

それでも、解決のために何かがしたい。イヴの中の王子としての責任感は、しっかりとそこにありました。

ただ、イヴにも十三歳らしいところはあります。

「あと、国の危機を前に、こんなことを王子が言ってはいけないとは思うんだが」

真剣《しんけん》に、何を言う前置きなのだろう、と私はイヴの言葉を待ちます。

そして出てきた言葉は、こちらです。

「……密偵《みってい》テネブラエ、って何かこう、かっこいいよな」

しばしの沈黙《ちんもく》、私は完全に理解しました。

密偵、まるで冒険《ぼうけん》小説に出てくる女スパイ、推理小説に出てくる怪盗《かいとう》、そういうものは大衆にとってミステリアスで、まるで異世界の人間のようで、子どもからすれば憧《あこが》れさえも抱《いだ》く存在です。それは——実は、イヴと同じく、私もちょっとそう思っていました。なので、正直に告白します。

「密偵って響《ひび》きが、なんというか、私、王城で初めて耳にしましたが、ちょっとそう思いました。宰相《さいしょう》閣下の手前、絶対言えませんが」

「そ、そうだよな！　密偵、か。ミセス・グリズルもそうだったらしいんだが、あまり話を聞けていなくて」

「聞きましょうよ、面白いですよ、きっと！」

「うん、今度、聞こう。でも、見えない特殊《とくしゅ》なインクで書かれた紙か。そんなものがあるなんて」

年相応に、イヴは興奮気味に語ります。それを見ていて、私はそれならば、と悪戯《いたずら》を思いつきました。とはいっても、昔やった二番煎《にばんせん》じです。

台所の棚《たな》から、スパイス瓶《びん》を探します。シナモンスティックを一本、近くにあったレシピ用のメモ用紙を一枚、それぞれ拝借して、台所のテーブルに置きます。コップに水を汲《く》んで、シナモンスティックの端《はし》を濡《ぬ》らしました。

それを、イヴは何も言わず、明らかに興味津々《きょうみしんしん》に見ています。私はマジシャンのように、格好つけてシナモンスティックを持ちました。

「水に濡らしたシナモンで、紙に文字を書きます」

さらさら、と水で『YVE《イヴ》』と大きく書いてから、私は右手をまだわずかに濡れた紙にかざします。

ほの暗い光が、文字を照らし出します。白っぽく、『YVE《イヴ》』の文字がやっと読み取れるくらいにぼやけて光っていました。

「はい、できました。即席《そくせき》なので不鮮明《ふせんめい》ですが」

イヴは目を見開いて、マナー講師にお行儀《ぎょうぎ》が悪いと叱《しか》られそうなほど喜んで、あたふたしていました。

「光った！　ど、どういうことだ？　シナモンを光らせたのか？」

「いえ、ずっと昔に兄と遊んでいて見つけたのですが、シナモンや桜の葉には、見えるか見えないかくらいの暗い光を当てると光る成分があるらしくて、私程度の光魔法でもこういう遊びはできるのです。えへん」

私は鼻高々です。子ども騙《だま》しの悪戯とはいえ、ウォールドネーズ宰相閣下にも褒《ほ》められましたし、特技にしてもいいかな、とさえ思います。今までは十分に光魔法を使いこなせる母と兄のせいで、私は自分の光魔法の非力さに不満たらたらでしたが、ほんの少しの工《く》夫《ふう》だけでこうも喜んでもらえると、すっかり価値観が変わってしまうほど嬉《うれ》しいのだと、私は考え至りました。

そんな改心した私はさておき、イヴはやっと落ち着いて、本題に戻《もど》りました。

「なるほど、このためにお前を呼んだのか」

「らしいですよ。どうせなら兄を呼んでくれればよかったのに」

「なぜ呼ばれなかったんだ？」

「多分ですが、兄は剣術馬鹿《けんじゅつばか》なので、頼《たの》みごとそっちのけで王城中の騎士《きし》に戦いを挑《いど》むからじゃないでしょうかね。一度だけ、手合わせの際に光魔法で目眩《めくらま》しをしたものだから、剣術の先生にしこたま怒《おこ》られていました」

ド・モラクス公爵《こうしゃく》の嫡子《ちゃくし》である私の兄、レナトゥスは類《たぐ》い稀《まれ》なる剣術馬鹿です。私の双《ふた》子《ご》の兄なのですが、昔から時々家出して騎士に戦いを挑んだり剣術を習ったりしては家に連れ戻される、という放蕩《ほうとう》っぷりを発揮していました。しょうがないので父が剣術の盛んなクエンドーニ共和国から剣術の達人を師匠《ししょう》として招いて、今は大人しく訓練に明け暮れていますが、その師匠に勝つためにと剣を盛大に光らせて挑みかかったため、本気になった師匠に無様に負けた挙句に思いっきり叱られていました。それ以来自粛《じしゅく》はしていますが、いつ妙《みょう》なことを思いついて光魔法《まほう》を悪用するやら分かりません。

そのことを話すと、イヴは笑いを堪《こら》えきれない様子でした。

「ぷっ……お前の兄、面白《おもしろ》すぎないか」

「不肖《ふしょう》の兄ながら、はい」

よほど、イヴの笑いのツボに入ったのでしょう。イヴは上機嫌《じょうきげん》で、蒸《む》したカボチャをくりぬいて潰《つぶ》しながら、ずっとしゃべっていました。今日初めて会ったとは思えないほど距《きょ》離《り》が縮まっていて、私も愉快《ゆかい》です。

よかったねお兄ちゃん、公爵令息らしからぬしょうもない兄だと常々思っていましたが、こんなことには役に立つようで何よりです。

美味《おい》しくできたパンプキンパイとハーブティーをお供に、顎《あご》が痛くなるほど四人でおしゃべりをして、もう夕方です。

思ったよりもずっと楽しく、私も含《ふく》めてまるでずっと友達だったかのように親しんでいるイヴは、とても一の大国の王子様には見えません。まだ子どもだからここへ来ることも許されているのでしょうか。いずれは許されなくなる、それは例の婚約者との結婚《けっこん》を境に──ということでしょうか。

王城へ帰るイヴを見送りに、四人で玄関《げんかん》へ向かいます。

夕日が玄関の扉《とびら》を眩《まぶ》しく照らしていました。遠くでは鐘楼《しょうろう》の鐘《かね》がいくつも鳴り、まもなく夜がやってくると王都中へ知らしめています。

「ごちそうさま、ミセス・グリズル」

「はい、お粗末《そまつ》さまでした。暗くなるから、まっすぐ帰ってくださいね」

「はっはっは、もうイヴ様も十三歳だ。いつまでも子ども扱《あつか》いしてはいけないよ」

あらいやだ、とミセス・グリズルは笑います。イヴは不服そうですが本当に不機嫌《ふきげん》というわけではなく、私へ顔を向けたときにはころっと表情を変えて、嬉しそうに、ちょっと寂《さび》しそうに、こう言いました。

「エスター、お前と話すのは面白かった。またな」

晴れ晴れと、イヴはそう言って帰っていきました。その様子を見ていると、どう見たって王子様ではなくて、年相応の愛らしい少年です。密偵とか、婚約《こんやく》がどうとか、そんな話は関係なさそうなのに、なぜ運命は彼を逃《のが》さないのか、と思ってしまうくらいに。

「やれやれ、イヴ様もすっかり大人になられたなぁ。アマンダ嬢《じょう》との見合いの前日など、行きたくないと駄々《だだ》をこねてここのクローゼットに隠《かく》れていたのに」

「本当ですねぇ。お互《たが》いどうも不満なら、結婚もやめておいたほうがよさそうなものですけど」

ミセス・グリズルと先代ブレナンテ伯爵《はくしゃく》が廊下《ろうか》を歩きながら交《か》わす会話に、私は耳を傾《かたむ》けます。

イヴは、プレッキ公爵令嬢《こうしゃくれいじょう》をあまりよくは思っていないのかもしれません。少なくとも、親しい間柄《あいだがら》にあるミセス・グリズルと先代ブレナンテ伯爵でさえ分かるくらいに、です。

私はつい、口を挟《はさ》んでしまいました。

「やめられないのですか？　聞けば、プレッキ公爵令嬢もテネブラエにつけ込まれるくらいには、イヴ様との結婚を嫌《いや》がっているようですが」

うーん、と二人は唸《うな》っています。とりあえず、とリビングのソファに連れていかれて、先代ブレナンテ伯爵は私へ説明をしてくれました。

「何といっても、先代国王陛下が……ああ、これはエスター嬢の母君の悪口を言うわけではないのだが、十五年ほど前にオーレリアを王城から追放したことで王家が揉《も》めに揉めて、それが遠因で先代国王陛下は退位してしまったほどだったのだよ」

「そ、そんなにですか。母は一体何を」

「いやいや、オーレリアは何も悪くない。むしろ、被害者《ひがいしゃ》だ。王城で働いているとき、偶《ぐう》然《ぜん》にも当時の第二王子ユーグ殿下《でんか》とアフリア侯爵令嬢《こうしゃくれいじょう》との密会に遭遇《そうぐう》してしまって、それを逆恨《さかうら》みされて圧力をかけられ、辞《や》めさせられてね」

　その話に、私は、唖然《あぜん》としてしまいました。そんな理由で母が王城を辞めさせられたなんて、信じられません。

「王城を辞めて、それから父と出会ったとしか聞いていませんでした」

「まあ、別に言い触《ふ》らすことでもなし。オーレリアはド・モラクス公爵閣下とは馬が合って、結婚まで上手《うま》くいったようだから、王城でのことなどどうでもいいだろう。私もそう思うよ」

「はあ、なるほど」

「とはいえ、貴重な光魔法、それも王城全体を照らせる使い手を突然《とつぜん》辞めさせた王城は大混乱してね。宰相《さいしょう》閣下が差配して今では光魔法なしでも何とかなっているが、その分、王家は宰相閣下に頭が上がらなくなった、というわけだ」

　お母様、自覚はまったくなかった、というか当時は想像もつかなかったのでしょうが、巡《めぐ》り巡って色々な因果が生まれていたのですね。結果的にリュクレース王国王城は光魔法を失い、国王さえも宰相閣下に逆らえなくなり、さらにはド・モラクス公爵家には子どもから見ても仲のよい夫婦《ふうふ》が生まれた、と。

　運命の悪戯《いたずら》とは、かくも無慈悲《むじひ》に、かくも可笑《おか》しいものです。私はちょっと学びました。

「ド・モラクス公爵領は政治的にも経済的にも大規模で、半ばリュクレース王国から独立しているようなものだ。それだけの大貴族の離反《りはん》を招くわけにはいかない、幸いにしてド・モラクス公爵家はそのようなつもりもなく、しかし諸侯《しょこう》に影響《えいきょう》が出ないとも限らない。だから、せめて王家の基盤《きばん》を盤石《ばんじゃく》にするため、二番手のプレッキ公爵家と王家の繋《つな》がりを作っておきたい、という国王陛下や宰相閣下の思惑《おもわく》なのだろう」

政治音痴《おんち》の私の考えが当たっているとも思わないがね、と先代ブレナンテ伯爵は付け足します。

あの宰相閣下の胸中など私だって見抜《みぬ》くなんてできっこないので、何か深謀遠慮《しんぼうえんりょ》があるのでしょう。婚約云々《こんやくうんぬん》、それはまあ、今考えてもしょうがないのでいいのです。いいのですが――私が今気になっているのは、先代ブレナンテ伯爵です。

母が王城を辞めさせられた経緯《けいい》を、当時の母の上司であった先代ブレナンテ伯爵は、おそらくどうすることもできず、今でも悔《く》やんでおられるのでしょう。それがどうにも、私は気になって、心配で、何とかしたい気持ちに駆《か》られました。こんなにも母へ負い目を感じたまま、このご老人は十五年以上も悔いているのです。

だから私は、少しでも先代ブレナンテ伯爵が救われるよう願って、私が知っているかぎりの、母の実家と我が家の話をすることにしました。

「父と結婚したことで、母は実家のロスケラー男爵《だんしゃく》家を保てると思っていたのですが、当時のロスケラー男爵である母方の祖父と伯父《おじ》がもう爵位はいらない、と家を潰すことを決めて、母を自由にしたそうです。だから、母だけが貴族で、母方のプレヴォールアー家は平民、というちぐはぐなことになってしまって。でも、そのおかげでプレヴォールアー家も王都に留《とど》まる必要がなくなり、ド・モラクス公爵領に引っ越《こ》して、祖父と伯父は騎馬《きば》警察官を続けていたのです。高い税や貴族の体裁《ていさい》を保つための維持《いじ》費を払《はら》わなければならない王都よりはずっと暮らしやすい、と祖父はよく言っていました」

プレヴォールアー家はド・モラクス公爵家の支援《しえん》を受けることなく、独立して生きていくその道を選びました。家のためにと働いてきた母のため、これから幸せになる母のため、そういう決断に踏《ふ》み切ったのです。

その決断は、きっといいことだったのです。だって、私はたまにプレヴォールアー家を訪ねますが、皆《みな》幸せに、充実《じゅうじつ》した日々を送っています。母も、父や私たち家族とともにいられて幸せだ、と言っていました。母が王城を辞めさせられたことは、悪いことばかりではなかった、禍《わざわい》を転じて福となし、いい未来を切り拓《ひら》いたのです。

それを、私は後悔《こうかい》の念に囚《とら》われた先代ブレナンテ伯爵に伝えたいと思いました。

「そうか……それなら、いや、やはり私は、オーレリアとその家族の窮状《きゅうじょう》を知っていながら、助けられなかった」

「お気になさらず。母は、結果的には父とともに幸せなのですから、大丈夫《だいじょうぶ》です！　私も母のように運命の人と出会いたいものです！」

私は精一杯《せいいっぱい》、元気に、本当にそう思っていることが伝わるように、訴《うった》えます。

ミセス・グリズルが頷《うなず》いてくれました。

「そうよね、そうだわ。エスターちゃん、応援《おうえん》しているわね！」

先代ブレナンテ伯爵は——どことなく、表情が明るくなった気がします。少しでも、その心が救われてくれれば、と私は願ってやみません。

それはさておき、私は自分の今の運命を振《ふ》り返ったとき、こう思うのです。

「なのになんで私はテネブラエを捕《つか》まえるなんてことに協力することになっているのでしょうか……」

「まあまあ、恋《こい》に障害はつきものよ。これが終われば、宰相閣下がどこかの貴公子を紹介《しょうかい》してくださるかもしれないわ」

「うむ、そうだね。期待していていいと思うよ」

「はーい、期待します」

本当に、期待だけはしたいです。

話をそこそこに切り上げ、私はミセス・グリズルと夕食の支度《したく》をすることにしました。

二日後、イヴがブレナンテ伯爵邸《はくしゃくてい》にやってきました。何やら書類の詰《つ》まった箱を持ってきています。それが、イヴが無理を言ってミセス・グリズルの伝手《つて》で持ってきた王城の機密文書の一部だと分かると、何だか私は緊張《きんちょう》しました。どんなものなのでしょう。

リビングのテーブル上に整然と広げられていく書類の表紙には、『機密《スクレ》』とか『論文《トウリーティス》』とかいくつも赤い判子が押してあります。ただ、二重線が入ったものばかりで、すでに機密指定が取り消されたもののようです。国家機密に触れる、とわくわく身構えていたのに、なんだか肩透《かたす》かしを食《く》らった気分です。私、勝手に期待して勝手に落ち込んでいますね。しょぼん。

「実はね、二年前、私がニュクサブルクに潜入《せんにゅう》していたとき、機密指定の最新の論文を入手したのよ。それがテネブラエの秘匿《ひとく》された連絡《れんらく》手段を解読する手がかりになった、というわけ。正直、リュクレース王国はあまり科学技術が進んでいるとは言えなくて王城の研究者たちもさっぱりで、その後シャルトナー王国の協力者のおかげで多少は理解できた、らしいわ」

ミセス・グリズル、さりげに密偵《みってい》らしいお話をしてくれています。私もイヴも密《ひそ》かに羨望《せんぼう》の眼差《まなざ》しです。

とはいえ、論文をぱっと渡《わた》されて、これではいけないと気を引き締《し》めます。ただ、私は表紙をめくろうと思って、どうにも難解な単語――それも外国語――がいくつも並んで指を動かすことを躊躇《ためら》ってしまいました。

「これが……うーん、私もあまり頭がいいほうではないので、読めるかどうかも」

「貸してくれ」

イヴの求めに応じ、私はすぐにイヴへ手渡《てわた》します。助かった、と内心ほっとして。

すると、イヴはあっさりとページをめくり、素早《すばや》く目を通していました。慣れた本を読むかのように、どんどんページが進んでいきます。

「紫外《しがい》線、特定の波長の光を受けて蛍光《けいこう》反応をする物質、その光の照射によって硬化《こうか》する樹脂《じゅし》……そんなものがある、と」

イヴはそうつぶやきながら、最後まで読み終えてしまいました。

まさか、そんなに簡単に読んでしまわれるとは。もしかして、ここにいる三人のうち、読めないのは私だけでしょうか。そんなはずはないと信じたいです。

何とか話に置いていかれまい、と慌《あわ》てて私は質問することにしました。

「紫外線、ってなんですか?」

私の問いに、イヴはすらすらと答えます。

「太陽の光には、紫外線というある波長の光も含《ふく》まれている。この種の光は強い殺菌《さっきん》作用があり、人体にも少なからず影響を与《あた》えている」

イヴ様、その説明で私が分かるとでもお思いでしょうか。分かりません。申し訳ございません、私は皆様《みなさま》の予想よりだいぶ頭の悪い娘《むすめ》なのです。ただし、その降参文句を口に出すことは私のなけなしのプライドが阻止《そし》したので、何とか平静を保とうとします。

「待って、イヴ様、もしかしてとても頭がおよろしい？」

「なんだその表現は。別に、家庭教師をやっているシャルトナー王国出身の若い科学者に教わっただけだ。こういう勉強は嫌《きら》いじゃないから……それだけだ」

イヴは謙遜《けんそん》します。実際にそうだとしても、科学技術の発達していないリュクレース王国でそれで理解できるのは、一握《ひとにぎ》りの人間だけですよ。その才能は、王子にしておくにはもったいない気がします。

「というか、お前のあの文字を光らせる光、あれも一種の紫外線だぞ」

「えっ⁉」

何と、私も『紫外線』というものを発していたようです。光魔法《まほう》はそんなこともできるとは、王都に来てから私程度の光魔法でも悪戯以外に使えたという衝撃《しょうげき》の事実を何度も突《つ》きつけられます。

しかも、イヴはちゃんと私のあのほの暗い光と浮《う》かぶ光る文字について、調べようと思い立ったようなのです。

「あれから王城で科学者に聞いて、調べたんだ。お前の言ったとおり、シナモンなどに含まれる成分は、特定の条件下で光を受けると蛍光反応をするらしい。ただ、その特定の波長の紫外線を人工的に照射できる照明器具は、今のところリュクレース王国にもシャルトナー王国にも存在しない。ニュクサブルクの機密指定の論文、これに何か手がかりがないかと思って、もう一度精査してみたかったんだ」

ははあ、なるほど。私とミセス・グリズルはすっかり、イヴの年齢《ねんれい》に見合わぬ知識と知《ち》恵《え》に感心します。単純な頭のよさではなく、好奇心《こうきしん》から知って考えることに繋《つな》げることができる、それを人は賢《かしこ》いと言うのでしょう。

とはいえです、賢くない私でも、疑問に思ったことがあります。

「あれ？　じゃあ、テネブラエはどうやってあの文字を読んだのでしょう？」

それはごくごく根本的な話です。文字は読めて伝わらなければ意味はありません。紙に書いた文字を普通《ふつう》の手段では読めなくする、なら解読するための手段が必要です。それは私の工夫《くふう》した光魔法だったり、リュクレース王国やシャルトナー王国にさえ存在しない技術で作られた道具だったり——後者はちょっと冒険《ぼうけん》小説の読みすぎでしょうか。

しかし、ある種専門家であるミセス・グリズルは、その私の疑問と考えを否定はしませんでした。

「普通に考えれば、ニュクサブルクの新技術か、テネブラエはエスターと同じ光魔法の使い手なのかもしれないわね。それ以外となると、現状、私たちの想像を超《こ》えているし、そこまで突飛《とっぴ》なものまで考慮《こうりょ》しなければならないというのは、現実味がないわ」

「まあ、この論文によれば、技術的には確かめる方法自体はあるようだ。ただ、痕跡《こんせき》を残すことを嫌う密偵が使うほどのものが、どのようなものか……そこまでは分からない。そんな高度なものがあるなんて、うらやま」

うらやま、なんです？　なんて言いました、イヴ様？

私とミセス・グリズルの視線から逃《のが》れるように、何事もなかったかのように、イヴはこほん、と咳払《せきばら》いをして顔を背《そむ》けました。顔が若干《じゃっかん》赤らんでいます、可愛《かわい》いですね。

「とにかく、見えないインクで書いた紙を使って伝達を行う方法が実在する、ということは確実で、ニュクサブルクはそれを使っている。それが宰相《さいしょう》閣下の見識やエスターちゃんの魔法以外の知識でも、確定しているってことね」

「ええ、私や兄の他《ほか》にもそんなことを考える人たちがいるのですね。びっくりしました」

私の言葉に、ふふっ、とミセス・グリズルは笑っていました。私としましてはジョークのつもりはなかったのですが、そう聞こえたかもしれません。

そうこうしていると、イヴが強引《ごういん》に話を終わらせます。

「まあいい、このことはこれ以上ここで考えても分からないだろう。しかし、十分に知識を得て納得《なっとく》はできた。それでいい。テネブラエ捕獲《ほかく》に協力するお前の役にも立てばいいが」

イヴはさらりと、自分の興味だけでなく、私への手助けでもあったことを明かします。

イヴはミセス・グリズルの伝手で王城でも機密だった外国の論文を入手し、今回の事件のキーである見えないインクで書かれた文字に関する仕組みを知り、私へ伝えた、ということです。確かに気になりますし、いちいちそんなことをウォールドネーズ宰相閣下や忙《いそが》しい密偵の方々に聞くわけにもいきませんから、大助かりです。もしかすると私でもそういった情報を理解していれば何か気付くことがあるかもしれません。イヴ、その説明のためにわざわざここまでしてくれた、という配慮《はいりよ》はすごいです。気配りのできる王子様です。

「じゃ、この話はおしまい。二人はお買い物に行ってきてね、これがおつかいリスト」

計ったかのように、ミセス・グリズルは私へメモを一枚、それと小銭《こぜに》入れを渡しました。

街のベーカリーで午後三時に焼き上がるパン詰め合わせ二袋《ふくろ》、と書いています。

「えっと……パンですね、承知いたしました」

私はおつかいに行くくらいなんともないのですが——なぜか、メモを覗《のぞ》き見たイヴが、しかめっ面《つら》をしていました。

「ミセス・グリズル」

「なぁに？」

一瞬《いっしゅん》、二人の間に火花が散ったような気がします。微笑《ほほえ》むミセス・グリズルと顔をしかめるイヴ、その視線が合わさり、そしてイヴが頭を横に振《ふ》りました。

「いや、いい。行くぞ、エスター」

「はい！」

イヴを先頭に、私はメモと小銭入れを持って、街へ繰《く》り出します。

よく考えると、私は王都の街中に買い物へ行くのは初めてです。どんなパンがあるのでしょう、わくわくします。あ、でも、ド・モラクス公爵領《こうしやく》以外では小麦粉によく混ぜものをしていると聞きます。蕎麦粉《そばこ》とか、中には商品にならないじゃがいもを茹《ゆ》でたものとか、時々食べ物じゃないものを混ぜて捕《つか》まる小麦の取り扱《あつか》い業者やベーカリーもあるとか。そういうのじゃないといいのですが。

王都で売っているパンは、大丈夫《だいじょうぶ》なのでしょうか。

轍《わだち》を避《さ》けて、緩《ゆる》やかな坂道を下りながら私がそういうふうに尋《たず》ねたとき、イヴは目を丸くしていました。一体何を言っているのか、と顔にそのまま表れていました。

ひょっとして、私の心配の内容は伝わっていないのでは、と気付いた私は、すぐに小麦粉への混ぜものの噂《うわさ》を聞いたのだ、と言葉を付け足します。ド・モラクス公爵領のパンは安心安全だと知っているものの、それ以外の土地はどうなのだろうか、と。

すると、イヴは苦笑《くしよう》と呆《あき》れを半分ずつ合わせたような表情で、私をなだめます。

「なんだ、混ぜものの心配をしていたのか。確かに、下流階級向けの食品には混ぜものの噂は絶えないが……このあたりの市街ならそういう心配はない。第一、あのミセス・グリズルが認める店だぞ。そこまでの道のりも、パンの品質も、店主の人柄《ひとがら》だって品定めされている」

なるほど、私は考えを改めます。ミセス・グリズルの保証、そしてイヴがそこまで言うのなら、信用できるでしょう。

「それほどでしたか。よかった、美味《お》しいパンが食べられるのですね」

まるで私が食いしん坊《ぼう》のようですが、偶然《ぐうぜん》にも過去に一度だけ、ド・モラクス公爵領で摘発《てきはつ》された安価な小麦粉袋《ぶくろ》の中身を見たことがある身としましては——白い小麦粉が半分もなく、明らかに食べ物ではない謎《なぞ》の粉やゴミや虫まみれで悲鳴を上げるほどの——あれではない、という証明が欲しかったのです。あれは嫌《いや》です。父が摘発してくれて本当によかったと思いましたもの。

そのことも、一応、弁解としてイヴに伝えておきます。

イヴは、表情を硬《かた》くして、私への呆れが一切《いっさい》失せたようでした。おそらくですが、そういう現実があると知っているだけで、イヴ自身がそのものを見たことはないでしょう。もしかすると、今日食べるものすべてを疑うようになってしまったかもしれません。私もあれを見た日は、パンが食べられませんでしたから。

ううん、話題を間違《まちが》えた気がします。幸いにして、イヴは少し話の方向を変えてくれました。

「ド・モラクス公爵領は上質な小麦が取れるらしいな」

「はい、領の自慢《じまん》です。毎日の食事が美味しい、それが領民のために第一に考えなければならないことだと、お父様はいつも言っています」

「ふぅん、王都よりも？」

「ええ、断言できます」

「なら、死ぬまでに一度は行ってみたいな」

「父がそれを聞けば、ぜひにと喜ぶことでしょう。私も楽しみにしています」

ようやく和《なご》やかに、和気藹々《わきあいあい》と話が弾《はず》んできたところで、パンの焼ける香《かお》りが鼻に届きはじめました。風に乗って、というほどかすかなものではなく、辺り一面がパンに包まれているかのような重厚《じゅうこう》さです。これは近くにベーカリーがある証拠《しょうこ》ですね、イヴの足取りがほんの少し速くなっているのもそのせいでしょう。

ちょうど、私たちがベーカリーの前に辿《たど》り着いたとき、午後三時の鐘《かね》が鳴り響《ひび》いていました。ちょっとした人だかりもあって、イヴとともに最後尾《さいこうび》に並んで、パンを買う順番が来るのを待ちます。

私たちの順番が来ると、イヴが小銭入れから銅貨を出して、すぐに店員が持ってきた二つの大きめの紙の箱と交換《こうかん》しました。触《さわ》ると温かく、パンの香りのもとはここにあった、とばかりに中にパンがあるのだと主張してきます。思わず笑《え》みがこぼれるほどの、美味しそうな匂《にお》いです。

さて、あとはブレナンテ伯爵邸《はくしゃくてい》に戻《もど》るだけ、なのですが、今度は上り坂。ゆっくり歩こうというイヴの提案で、一箱ずつ持って、街並みを楽しみながら、建物の隙間《すきま》から遠くを眺《なが》めながら、進んでいきます。道ゆく人々がどんどん私たちを追い越《こ》しますが、かまいません。時々立ち止まって、ここからなら王城が見えるとか、広場には必ず一つは鐘楼《しょうろう》があってそれぞれ地区の当番が決まっているのだとか、王都を知らない私へ、イヴは観光案内をしてくれました。

思ったよりは小さかったものの、存外、王都も面白《おもしろ》い場所なのかもしれません。あいにく今回の滞在《たいざい》で全部を楽しむことはできないでしょうが、私は少しばかり、見聞が広がった気がします。

そう、私は少しばかり、頭が働くようになったのでしょう。

こんなことを、イヴにも尋ねてしまうほどに。

私は空を見上げて、足を止めました。イヴも立ち止まり、待ってくれています。

「イヴ様」

「街中で様はいらない。何だ？」

「私、どうにも、こう思うのです。えっと、イヴだけでなく、プレツキ公爵令嬢《こうしゃくれいじょう》、でしたっけ、婚約《こんやく》者の女性も結婚を嫌がっているのなら、いっそやめられれば、と思えるのですが」

その答えは、きっとイヴでなくとも王侯《おうこう》貴族であればとっくの昔から、同じ文言を使って答えなければならないと決まっているのですが、どうしても私は疑問だったのです。

イヴは、その定型文句を口にします。

「結婚は、王侯貴族にとっては義務だ」

義務を果たし、権力を正しく使い、世に君臨する。それこそが王侯貴族の在《あ》り方であり、そうしなければならないのです。

でも、それは今までの話で、昔からの話ではあっても未来永劫《みらいえいごう》同じだとは、私は思えないのです。貴賤結婚の概念《がいねん》に囚《とら》われることなく公爵である父が男爵令嬢《だんしやくれいじよう》でしかなかった母と結婚したように、ド・モラクス公爵領では外国との活発な取引が始まってからは身分の別なく結婚することが当たり前になったように、世の中は変わるのです。まさに今、その変化の只中《ただなか》にあると、私は思うのですが――それに。

「でも、望まぬというのなら、無理《むり》強《じ》いはよくありません。それに、今の状況《じようきよう》を見ていれば……その義務が、テネブラエを暗躍《あんやく》させる原因だと思うのです」

なぜテネブラエが将来の王妃《おうひ》を籠絡《ろうらく》しようとしているのか。公的に認められたイヴの婚約者が王妃になると決まっているからで、結婚を義務とまで頑《かたく》なに信じる貴族にとっては、それは変えられないのだという常識があるから、不貞《ふてい》をさせてでもと酷《ひど》いことを考えて狙《ねら》うのです。そしてプレッツキ公爵令嬢もまた、婚約が嫌でも義務だからと受け入れ、その不満を晴らすために、不貞を考えついてしまう。

こうまで来ると、もうこの婚約はなかったことにしたほうがいいのではないか、と思うではありませんか。せめて、イヴや婚約する女性が納得《なっとく》いく形のほうがずっとマシです。

しかしながら、あのウォールドネーズ宰相《さいしょう》閣下はそれを今のところ変えようとしていません。イヴもまた、自分で変えようという意思はなさそうです。

ただ、イヴはその理由を、話そうとは思うようでした。

「お前は、アマンダを知らないからそう言えるんだ」

そう言われてしまうと、そのアマンダという女性自身を知らない私には、反論できません。ゴミや虫だらけの小麦粉袋を見たことのないイヴが、噂を信じなくても私の言葉を信じてしまったように、相手が体験して自分が体験していないことには、楯突《たてつ》くべきではありません。

「そう、なのですか？」

「ああ。典型的な貴族の令嬢、それも国内二番手と揶揄《やゆ》されてきた公爵家の娘《むすめ》。何としてでも王家の中に入り、権力を握《にぎ》ることを欲《ほっ》する……怪物《かいぶつ》のような醜《みにく》い考えをしていることに気付いていない女だ。俺を見る目だって、愛する婚約者ではなく、自尊心を守り権力を手にするためのただの道具扱いだ。そのくらい、あの冷たい目を見ていて分からないわけがない。やつは俺を嫌っていても、逃《のが》すつもりなどないだろうさ」

いつの間にか、イヴは目を伏《ふ》せ、握り拳《こぶし》を作っていました。それだけ苦しく、屈辱《くつじょく》的なのだ、と言わんばかりです。

「ひどい言われようですね。でも、貴族の令嬢というのは、どうしてもそういう一面もあるのでしょうか」

「お前は違《ちが》う、両親がよほど真っ当な人間だったんだろう。それに比べて貴族連中というのは本当に、救いようのないやつらばかりだ」

たとえアマンダと婚約破棄《こんやくはき》をしても、別の貴族令嬢だって同じだ。

イヴは吐《は》き捨てるように、そう言いました。

抵抗《ていこう》するだけ無駄《むだ》なのだ、どうしようもないのだ、と十三歳の少年は知っているようです。

「これが現実だ。王子として生まれた俺は、こんな現実をずっと目《ま》の当たりにしてきた。だが、どうしようもないんだ。俺には何もできない、完璧《かんぺき》を求められて勝手に動くことも許されず、俺の意思など誰《だれ》も考えることはない。王子だからだ、王子ならばこう考えるべきだから、と決められてきた。だから、ただ受け入れるしかなかった。それがこの国の王にと望まれる人間の、望まれるあり方だ」

それを聞いた私は、あることを思い出していました。

ド・モラクス公爵《こうしやく》家には、さまざまな事情を抱《かか》えた使用人、メイドたちがやってきます。中には、身売り同然で奉公《ほうこう》に来る貧しい家の子から、どうしても家から離《はな》れざるをえなくなった商家や貴族の子女まで、引き取られてくることがあります。ド・モラクス公爵家の慈善《じぜん》事業ではなく、彼らの面倒《めんどう》を見ることは恵《めぐ》まれた者の義務だからです。彼らに一定の教育を施《ほどこ》して、いい就職先を探して、見送ること、それは私が生まれる前からずっと続けられてきた習慣です。

彼らは、同年代の貴族の知り合いがいない私にとって、使用人やメイドである以上に、親しい友達です。でも、来たばかりの彼らは、よく泣いていました。

『どうして私たちは家がなくなったの？ そういう運命だったの？』

『お父さんとお母さんにはもう会えないの？』

『エスターはいいよね。私たちとは違うんだから、公爵家のお姫様《ひめさま》だから』

『ごめんなさい、でも、そうじゃない。エスターは私たちのようにはならない。私たちは、このつらい今を受け入れなきゃいけない』

『エスター、助けて』

私はおそらく、公爵令嬢らしくはないのでしょう。

彼らの悲哀《ひあい》を知っています。彼らとともに泣きました。どうしようもない現実から逃れられなかった彼らに寄り添《そ》い、何とかしようとしてきました。私は無力でしたが、誰かが助けてくれました。父も母も、私の行いを、正しくないかもしれなくても、やらなければならないと思うのなら、やるしかないのだと言ってくれました。

きっと、ド・モラクス公爵家に来た彼らも、イヴも同じなのです。

どうしようもない現実から逃れられなくて、苦しんでいるのです。

ならば、私は——やるべきことをやるのです。

私は、イヴに問いかけます。

「本当にそうですか？」

「ああ」

「では、私はイヴを王子と思わずに、こう言いますね。イヴは何をしたいのですか？　どうしたいのですか？　将来は、何になりたいのですか？」

それは、私がド・モラクス公爵家に来た彼らへ問うたことと同じです。

現実がどうしようもなくても、苦しまなければならないということはありません。

前に進むしかないのです。何をしたいのか、どうしたいのか、何になりたいのか。それらは、どうしようもない現実から抗《あらが》い、抜《ぬ》け出すために知る必要のあることなのです。

だから私は、尋《たず》ねます。

何の力もなくて、弱い光魔法《まほう》しか使えない私でも、できることがあるとするならば、やってみせたいからです。

その思いは、イヴに伝わるでしょうか。

イヴは私から目を逸《そ》らし、頭を横に振《ふ》ります。

「仮定の話は無駄だ」

「だが、そこまで言ってくれるお前になら、話せる。俺は、王になどなりたくない。王子を辞《や》めて、そうだな、好きな勉強ができて、それを活《い》かせる道に入って生きていきたい」

石畳《いしだたみ》を見つめながら、イヴは心の中にしまっていた気持ちを吐き出しました。

しかし、皮肉げに笑います。

「叶《かな》わぬ願いというやつだ。お前がド・モラクス公爵家の生まれであるように、俺はリュクレース王家の生まれだ。それぞれの義務、生き方がある。ただ、それだけだ」

「でも」

イヴ。ただそれだけなら、どうしてあなたはそれを放棄《ほうき》できないのですか？

放棄したくないのではなく、抗う気力がなくなっているのでしょう。

イヴはもう、何もしたくないのかもしれません。

それでも、私は――まだ、何か手はないかと、一生懸命《いっしょうけんめい》考えます。

そこで、はたと思い付いたのです。

別の貴族令嬢だって同じ。

では、テネブラエに狙われているイヴとの婚約に不満を持ったプレッツキ公爵令嬢《こうしやくれいじよう》、彼女はテネブラエの捕獲《ほかく》が成功したあと、どうなるのでしょう。不貞の廉《かど》で婚約《こんやく》を破棄《はき》されるのでしょうか、それとも未遂《みすい》だった、抗えなかったのだと情状酌量《しやくりよう》をしてもらえるのでしょうか。もしプレッツキ公爵令嬢から婚約者を変えられるとしても、別の貴族令嬢だって同じことがあるかもしれません。テネブラエだけでなく、他国の密偵《みってい》に籠絡《ろうらく》されてしまう危険性は同じです。

となれば、この件に関《かか》わっている中で、もっとも状況《じょうきょう》を把握《はあく》し、未来図を描《えが》いているであろうウォールドネーズ宰相閣下は、どのような結末を望んでいるのでしょうか。

どうして辿《たど》り着くべきゴールの先を、私はともかく当事者のイヴにさえ伝えてくれないのでしょうか。

「どうして、宰相閣下は」

私のそんなつぶやきは、イヴの強い言葉にかき消されます。

「いいか、エスター。お前は、これが終わったら領地に帰って、幸せになれ。そうしてくれ、頼《たの》む」

急に強く言われたものですから、私もそちらに気を取られて、今まで何を考えていたのかすっぽり頭から抜け落ちそうでした。

いいえ、ちゃんと憶《おぼ》えていますよ。ただ、そちらよりも、私を気遣《きづか》って、なんだか生意気なことを言っているイヴのほうが、優先順位が高くなったのです。

それに、イヴは紙の箱を開けて、バターロールパンをひとつ取り出し、半分に割って片方を私の口へ押しつけました。

私がふかふかのパンに口づけをすると、鼻にはバターの香《かお》りが襲《おそ》ってきます。そのまま口を開いてかぶりつき、イヴの手からちゃんと受け取って、食べ切ります。

私の心配などよそに、美味《おい》しいパンは美味しく、心に幸せをもたらします。何かが解決したわけではないのに、です。

しかし、イヴが私に幸せになれと言ってくれたから、そのようにしようと焼きたてのパンを分けてくれたから、私は今、心が躍《おど》るほどに上機嫌《じょうきげん》になってしまっているのです。

パンの片割れを、イヴもぱくりと口にします。美味しかったのでしょう、顔が綻《ほころ》んでいます。同じことを、私はド・モラクス公爵家に来た彼らにしたことがあります。美味しいものを食べさせてあげると、いっときだけでも幸せになれるからです。

私は嚙《か》んだパンを飲み込んで、この気持ちをくれたイヴへ感謝を伝えます。

「お気遣い、ありがとうございます。えへへ、幸せになりました」

「そう、それでいい。焼きたてのパンを頰張《ほおば》って幸せになれる人間がいいんだ」

そうまで言われると、お返しをしなければなりません。

私は自分の持っている紙の箱から、シナモンロールパンを取り出して、半分にちぎり、イヴへ片方を渡《わた》します。

「はい、どうぞ」

面食《めんく》らったのか、イヴは私の顔と半分のシナモンロールパンを何度か見比べて、それからやっと手に取ります。温かく、溶《と》けたシナモンシュガーがパン生地《きじ》に層を作っています。

こういうのは、温かいうちに食べたほうが美味しいのです。

イヴは何口かに分けて、シナモンロールパンを食べます。噛み締《し》めるように、溢《あふ》れんばかりの甘みが生む幸福を感じるように、その顔はだんだんと、少年らしい自然な笑《え》みが浮《う》かんできていました。

先ほどまでの嫌《いや》な気持ちは、吹《ふ》き飛んでしまったようです。

「帰ったらこのあいだ作ったベリージャムがあるから、それも食べよう」

「はい。楽しみですね」

「エスター」

イヴは、もぐもぐとシナモンロールパンを頬張る私を呼びます。

はにかみながら、イヴは素直《すなお》にこう言いました。

「話を聞いてくれて、ありがとう。それと」

何でしょう。言いづらそうですが、私はイヴの言葉を待ちます。

「お前が幸せそうだと、俺は嬉《うれ》しい」

私たちは、パンの入っている紙の箱を開けたことがバレないように蓋《ふた》をして、坂道を上りはじめました。

その幸せが、誰《だれ》かを救えるのなら、どれほどいいでしょう。

誰もにその幸せな未来が欲しい、と私は思いました。

第2章　密偵［Tenebrae］

　ある夜、私はウォールドネーズ宰相《さいしょう》閣下に呼ばれ、迎《むか》えに配下の密偵の一人を寄越《よこ》してもらいました。

　ブレナンテ伯爵邸《はくしゃくてい》にやってきたのは、三十を過ぎたくらいの、どこにでもいそうな男性、ダナエです。

「お嬢様《じょうさま》、閣下のご命令でお迎えに上がりましたよっと」

　さらに砕《くだ》けた口調で、本当にこの人は密偵なのだろうか、と思ってしまいます。

　そんな私の不安を察してか、ミセス・グリズルはこう言いました。

「密偵らしくないでしょう？　そういうものなのよ、一目見てこいつは密偵だ、なんて分かっちゃ商売上がったりだもの」

　なるほど、そういうことでしたか。納得《なっとく》です。

　私も公爵令嬢に見られないよう、ミセス・グリズルの服を借りてどこにでもいそうな街娘《むすめ》に変身です。というよりも、髪型《かみがた》にさえ気を付ければ、私はその『どこにでもいそうな街娘』となるのです。ブラウンの髪と目に、平均的な顔立ちとあっては、誰もド・モラクス公爵家《こうしゃくけ》の令嬢《れいじょう》だなんて思いません。自分で言っていて悲しくなりますが、そうなのです。

それが功を奏して、私はダナエと並んで歩いていてもおかしくない風貌《ふうぼう》に、見事変身を遂《と》げました。

「うん、よし。これでただの街娘よ」

「よかったです。それじゃ、行ってきます、ミセス・グリズル」

「行ってらっしゃい。ダナエ、怪我《けが》させたら承知しないわよ」

「分かってますって、姐《あね》さん」

私はダナエに連れられて、ひとけのない道をなんでもないふうに歩いていきます。堂々と、ここを通る恥《は》ずかしくない理由はちゃんとあるのだ、とばかりに、です。

しかし、薄暗《うすぐら》さが増してきたと思ったら、三、四階建ての建物に囲まれた、ゴミが散乱している小道へいつのまにか入っていました。ダナエを疑ったり頼《たよ》りにしていないわけではありませんが、このあたりはあまり治安はよくなさそうです。私はダナエへ尋《たず》ねます。

「こんなところに、閣下が？」

「ええ、王都中に王城と繋《つな》がる隠《かく》し通路がいくつもあるんですよ。閣下は王城に勤めて歴が長いんで、全部把握してるそうで」

「ははあ、それはすごいですね」

つまり、秘密の隠し通路を使って、とても宰相閣下がいそうにない場所にある秘密のアジトに行く、ということでしょう。あとでイヴに羨《うらや》ましがられそうな体験ができそうです。

しかし。

私は考えを整理するため、今の状況に多少は詳《くわ》しいであろうダナエに問うことを思いつきました。声をひそめて、ダナエの袖《そで》をそっと引っ張ります。

「あの、ダナエさん。お伺《うかが》いしたいことがあるのですが」

「何です？」

「テネブラエがプレッキ公爵令嬢を籠絡する理由って、何なのですか？　考えたのですが、ニュクサブルクが王子の婚約者に何をしたいのかよく分からなくて」

もちろん、私だって将来の王妃《おうひ》という人物の重要性くらい分かっています。しかし、籠絡したその先はどうするのか。不貞《ふてい》を勧《すす》め、意のままに動かせるようになって、そのあとは？　そこまでは、私はいまいち想像がつかなかったのです。

ダナエはそんな私を馬鹿《ばか》にすることなく、ちゃんと説明をしてくれました。

「そうですねぇ、テネブラエが将来の王妃アマンダの愛人の一人に収まって、操《あやつ》り人形のようにして、リュクレース王国の政治に影響《えいきょう》を及《およ》ぼす、ってのが一番の理由でしょう。もう一つ、ニュクサブルクは焦《あせ》ってるんです」

「焦る？」

「これはあまり口外したかないんですが、リュクレース王国は翳《かげ》りが見えてきてます。一の大国だからって胡座《あぐら》をかいていられる時代は、もう終わりなんです。だが、ニュクサブルクはリュクレース王国に倒《たお》れてもらっちゃ困る」

「困るんですか？　敵なのに？」

「大国が弱ると、隣接《りんせつ》する小国はとんでもない影響を受けます。第二の大国であるシャルトナー王国、クエンドーニ共和国なんかは覇権《はけん》争いに名乗りを上げて、軍民の動きを活発化させるでしょう。ニュクサブルクにとっては南方のそれらからの盾《たて》となっていたリュクレース王国がなくなると、どうなります？　一気に攻《せ》め込まれたり、道路や海路を封鎖《ふうさ》されて圧力をかけられる可能性だってある。そうなると商業都市国家であるニュクサブルクは食糧《しょくりょう》を止められて、干上《ひあ》がる恐《おそ》れさえ出てくる。ニュクサブルクにとっちゃ、リュクレース王国にはまだ存続してもらわなきゃならないんです。ただし、ニュクサブルクにとって都合がいいように、ね」

　私は今の話を、半分も理解できたかどうか、というところです。ただ、ニュクサブルクは弱体化していくリュクレース王国に存在していてほしくて、上手《うま》く操りたいのだ、そのためにテネブラエを送り込んでいるのだ、ということは分かりました。

　リュクレース王国は、この先、一の大国の地位を守っていけなくなる。それは、誰が知っていることなのか。民衆の多くは知らないでしょう、貴族だって知っているかどうか。でも、宰相閣下なら知っているでしょうし、イヴもそうかもしれません。密偵《みってい》の皆《みな》さんだって、自分の国の状況《じょうきょう》くらい分かっているはずです。

世界は変わる、常識だって変わる。なら、変化していかなくてはならない、と私は思うのです。

「あの、とりあえず今のテネブラエ対策としては、イヴ様とプレッキ公爵令嬢の婚約《こんやく》をなかったことにすればいいのではないのですか？」

ダナエは噴《ふ》き出しました。口とお腹《なか》を抱《かか》えて、笑い声を押し殺しています。

私はなんだか、馬鹿にされたような気がしました。

「笑わないでください……私、世間知らずで」

「いやいや、そういうわけじゃありません。確かに妙案《みょうあん》だ、それが一番いいでしょう」

「そ、そうなのですか」

私は胸《むね》を撫《な》で下ろします。馬鹿にされたわけではないようです、よかった。

ですが、とダナエはこうも言いました。

「ただ、今じゃあないんです。タイミングってもんがあります」

どういう意味でしょう。今、困っているのだろうに、と私は首を傾《かし》げます。

すぐに秘密のアジトである住宅の前に辿《たど》り着いたので、その先は聞けずじまいでした。

入るまでは一般《いっぱん》的な住宅、しかし入るとリビングの本棚《ほんだな》に隠し扉《とびら》があり、そこから二階へ行ける仕組みでした。別の部屋の扉には、他《ほか》の家屋と繋がる通路もあるとか。秘密のアジトらしく、いかにもな工夫《くふう》の凝《こ》らされた場所です、わくわくしますね。

二階に上がると、偏光《へんこう》ガラスの大型ランプが四隅《よすみ》と天井《てんじょう》にある窓のない部屋に、宰相閣《さいしょう》下がいました。男女四人の部下とともに、部屋の真ん中にある大きな長方形のテーブルに地図や書類を広げ、私が顔を見せると全員が期待の目を向けてきました。どうやら、私の光魔法《まほう》に相当期待を寄せておられるようです。私は緊張《きんちょう》しつつ、テーブルに近づきました。

私がダナエの持ってきた椅子《いす》に座ると、宰相閣下は指示を出します。

「さっそくだがエスター、ここにある書類、これらを照らしてくれ」

私は頷《うなず》きました。右手をテーブルの上へ掲《かか》げ、書類のすぐ上にほの暗い光を作り出します。

すると、黄緑色と紫色《むらさきいろ》に光る文字が現れました。羽ペンで書かれた文字、判子、何かの絵図。隣《となり》にある書類も同じようです。ここにある書類すべてが、見えないインクで書かれたものでしょうか。

「維持《いじ》できるか？」

「しばらくは大丈夫《だいじょうぶ》です。ちょっと範囲《はんい》を広げますね」

「うむ、頼《たの》む」

私はほの暗い光の範囲を、テーブル全体へと広げました。そのくらいなら簡単です、このくらいの光なら維持だってお安い御用《ごよう》です。

次々と、紙の上に浮《う》かんできた光る文字や絵図を見て、テーブルを囲んでいた宰相閣下、部下の密偵たちは驚《おどろ》きを隠しません。

「これは……あの事件のときの指示書か。既存《きそん》の文書にこんなインクを仕込んでいたとは」

「ここにある絵柄《えがら》の用途《ようと》は、指示書の真贋把握《しんがんはあく》のためかもしれないな。手の込んでいることだ」

「さすがに、ニュクサブルクの息のかかった商館や宿に届く書類すべてを調べるわけにはいかないとはいえ、こちらにも判別するための照明があればいいのだが」

皆さん、真剣《しんけん》に書類と格闘《かくとう》しています。テネブラエ関係の押収した書類なのでしょう、指を差し、読み取り、確認《かくにん》し、一つ一つがどのような意味を持つのかを検討しているようです。それに関しては私は門外漢なので、光の維持だけ担当です。隅々《すみずみ》まで文字のウムラウトやピリオド一つまで読み取れるように、光を行き渡《わた》らせます。

一人の男性が、何かを発見したようです。書類をテーブルから持ち上げ、急いで宰相閣下の横へ持っていきます。

「宰相閣下、これをご覧ください」

宰相閣下は受け取った紙を、ほの暗い光の下へ下ろします。

そこには二行だけ、でたらめなアルファベットの文字列がありました。ふむ、と宰相閣下は指を差して行ったり来たりさせて、一見なんの意味もなさそうな羅列《られつ》をあっさり解読してしまいました。

「エンジャンルー通りの古時計。あそこの通りには時計職人がいたな」

「調べますか？」

「万全《ばんぜん》を期して、取り囲め。違《ちが》っていればそのときはそのときだ、今は急を要する」

「了解《りょうかい》しました！」

「ああそれから、彼にも連絡《れんらく》しろ。人手が欲しい」

男性はきびきびと動き、どこかへ去っていきました。テネブラエに関する有益な情報だったのでしょう、私はほっとします。もしここまでやって、手がかりは何もなかった、なんてことになったら、私のせいではないにしても、申し訳ない気持ちになってしまうところでした。
二、三十分ほどして、ようやく宰相閣下は全員に休憩《きゅうけい》の指示を出しました。私も光を消して、椅子に深く腰掛《こしか》けて一息つきます。そこへ、宰相閣下がやってきて、疲《つか》れも見せず、私を気遣《きづか》って話しかけてくれました。
「ところでエスター、イヴリース王子殿下《でんか》はどのようなご様子だった？」

「お元気そうですよ。街を歩きながら、焼きたてのパンを分けていただいて、一緒《いっしょ》に食べました」

「けっこう、殿下に仲良くしていただけるならそのほうがいい」

たとえプレッキ公爵令嬢《こうしやくれいじよう》を揺《ゆ》さぶるためだとしても、仲良く関係を築くほうがいい。確かに、仲が悪いよりははるかにマシです。

そう、仲良くなったからこそ、私はイヴを心配して、宰相閣下へこうお伝えしなければなりません。

「ただ、イヴ様はやはりご結婚《けっこん》に関しては、気が乗らないご様子でした」

宰相閣下は、この婚約を止める気はないのだろうか。

イヴが聞けないのなら、私がどうにかできないだろうか。

差し出がましいのは分かっている、でも、皆が幸せにならない方策を、宰相閣下は許容するのか、と思ってしまうのです。

ところが、宰相閣下は、婚約に関して肯定《こうてい》も否定もしません。

「だろうな。だが、ここで手を間違《まちが》えるわけにはいかぬ」

先にダナエは言いました、今ではない、タイミングというものがある、と。

今は、宰相閣下は、手を間違えるわけにはいかない、とおっしゃいます。

この二つの言葉の意味は、相反するというわけではありません。どちらの意味も内包する、私には分からない事情があるのです、きっと。

「手を間違える……それは、どういう」

私が尋《たず》ねようとしたところに、宰相閣下の前へ部下の女性が進み出てきました。

「失礼します！　アマンダへ不審《ふしん》な人物が接触《せっしょく》を図《はか》っていることが確認されました」

「ふむ。貴族ではない、ということか？」

「はい、外見や肩書《かたが》きは商人のようです。しかし、これまでプレッキ公爵《こうしゃく》家と取引のあった商人ではなく、直接アマンダへ何度か接触を試みています。来週の月曜日、アマンダが外出するその際に、会う予定とのことです」

部屋中が、ざわ、と色めき立ちます。

宰相閣下は動揺《どうよう》することも興奮することもなく、淡々《たんたん》と部下を褒《ほ》めます。

「よく調べた。では、当初の手筈《てはず》どおり、証拠《しょうこ》を集めろ。ただし、まだ手を出さぬようにな。テネブラエかどうかも確定していない」

またしても、部屋中が忙《いそが》しくなります。

この時期にプレッキ公爵令嬢に接触を図る新しい商人、それは確かに怪《あや》しいです。ただし、テネブラエかどうかなんて、どうやって見分けるのでしょう。本人に尋ねてそうだと言ってくれるわけなどなく、違うと言い張られても面倒《めんどう》です。

そこで私は、またしても、昔の遊んでいたころのことを思い出して、何かヒントはないかと考えます。

見えないインクで本国とやり取りをするニュクサブルクの密偵《みってい》テネブラエ。見えないインク、それをどうやって使っているのか——と不思議に思ったところで、私はあることを思いつきました。

私は宰相閣下に訴《うった》えます。

「宰相閣下。ひょっとして、なのですが」

「うむ？」


貴族のご令嬢《れいじょう》のお忍《しの》びなど、どこにでもありふれていて、商人たちはそのためにさまざまな配慮《はいりょ》をし、顧客《こきゃく》のご機嫌《きげん》を取る。

迎《むか》える商用の馬車は目立ちすぎず、さりとて内装は豪華《ごうか》に。商人とはいえ礼を失さない程度の身だしなみや服装を整え、顧客の気分を決して台無しにはさせない。辿り着いた特別な部屋、見回せば特別な調度品、目の前には特別な商品の数々。顧客には夢を見ていてもらうのだ。夢のためなら、人は金を払《はら》う。その金をいかに引き出すか、それが商人の腕《うで》の見せどころだ。

とはいえ、この男は商人ではない。烏《からす》の濡《ぬ》れ羽《ば》色《いろ》の髪《かみ》に、黒曜石のような瞳《ひとみ》。きれいな顔、というのは特徴《とくちょう》がなく、整っていただろうという印象は残しても、それ以外に想起させる情報は残さない。黒の細身のコートに礼服、手首までしっかり隠《かく》す真っ白な手袋《てぶくろ》。たった一つ、ダイヤモンドのネクタイピンだけが贅沢品《ぜいたくひん》と言えるだろう。洗練された一流の若い商人。肥え太った中年の男でもなく、気遣《きづか》いも言葉遣いもなっていない青二才でもなく、彼は顧客を満足させる手練手管を熟知している。

ただ、彼は商人ではないというだけだ。彼は——ニュクサブルクの密偵、『テネブラエ』。彼に経歴はなく、彼は何も残さない。愛用の偽名《ぎめい》『テネブラエ』だけが広まり、何者なのか、何をしているのか、そんな情報の一切《いっさい》が人の目に触《ふ》れず闇《やみ》へと消える。彼はその繰《く》り返しをしているだけだ。そのためなら商人だろうと、兵士だろうと、運搬《うんぱん》馬車の御者《ぎょしゃ》だろうと、なんにだってなれる。彼にとっては役になりきる程度児戯《じぎ》にも等しく、完璧《かんぺき》にその役をこなす。

そういえば十数年前には舞台《ぶたい》に立っていた、主役ではなく当て馬の端役《はやく》。それさえも完璧にこなして、こなしすぎて、彼は俳優に向いていない、と宣告された。彼だけが役を現実に存在するものとして表現してしまうから、他《ほか》の俳優がお遊戯《ゆうぎ》をしているようにしか見えないのだ。

彼の脳には、今までこなしてきた役のすべてが、その経験が詰《つ》め込まれている。今回は誰《だれ》を演じる？　へえ、公爵令嬢を口説き落とし、愛人の座に就《つ》いて思うままに操《あやつ》る。なるほど、ではやってみよう。彼はそんな気軽さで、用意された商人としての地位、コネクション、商品、店舗《てんぽ》を使って、容易《たやす》く目標のプレッツキ公爵令嬢アマンダとの直接の商談の機会を得た。

とある高級ホテルの最上級の一室で、王城の応接間と見紛《みまが》うほどの豪奢《ごうしゃ》なソファに座り、大理石のテーブルにいくつもの宝飾品《ほうしょくひん》をビロードの上へ並べていた。

彼はそのうちの一つを取り、愛想笑《あいそわら》いを浮《う》かべて顧客と相対する。

「こちらの宝石など、いかがでしょう。ニュクサブルクの北、大海岸線で採れる最高級の翡翠《ひすい》を加工したものです。あなたの緑の瞳によく合うかと」

顧客――プレッキ公爵令嬢アマンダは、満更《まんざら》でもない、とばかりに拳《こぶし》ほどの大きさの翡翠が薄《うす》く加工され、海の女神《めがみ》のレリーフを作り出している芸術品に見惚《みと》れていた。ここから注文次第《しだい》でアクセサリーとして作り出すのだが、これ単体でも家一軒《いっけん》を買えるほどの価格が付く。金銀を鏤《ちりば》めれば、言わずもがなだ。

貴重で特別な品を、貴族の特別な自分に勧《すす》める商人。アマンダはすっかり彼を気に入っていた。

「ふふっ、私の好みがよく分かっていますわね、あなた。髪飾《かみかざ》りはありませんこと？」

「ございますとも。髪留めでもティアラでも、お気に召《め》すようすぐに加工しましょう。腕《うで》利《き》きの職人を連れてきておりますので、特急で対応させていただきます」

「まあ、親切なこと。この大きさの翡翠、同じ大きさのエメラルドとどちらがいいかしら？」

「エメラルドの輝《かがや》きは夜会では目立ちすぎます。それに、金と合わせるならドレスとのコーディネートも必須《ひっす》です。あなたなら、そのような手間をわざわざかけずとも、すでにお美しいではありませんか」

彼の言葉は、しっかりとアマンダの心を捉《とら》えた。エメラルドは確かに派手だ、加工次第ではあるが光を反射しすぎる。合わせる金も多すぎては成金のようで、あまり上品とは言えない。それに、どこの貴族もエメラルドの宝飾品くらい持っているから、目新しさがなかった。それに比べて翡翠はまだリュクレース王国にあまり出回っていない。多少きらびやかさは落ちるが、大きさとレリーフの精密さの価値は、見る者が見れば一目瞭然《いちもくりょうぜん》だ。

特別な自分を演出したいアマンダにとって、彼が勧めてくれた翡翠は確かに、自分を特別にしてくれる品だった。

「この翡翠、買いますわ。髪留めとネックレスをセットで作って。私ももう二十歳《はたち》だから、輝かしいドレスより落ち着いたものがいいと思っていましたのよ」

「将来の王妃《おうひ》ともあろうお方が、年齢《ねんれい》などお気になさいませんよう。舞踏《ぶとう》会ではしゃぐのは、男も世間も知らぬ小娘《こむすめ》だけです」

ぴしゃり、と彼は言い切る。彼は知っている、イヴリース王子の婚約《こんやく》者となる前から、アマンダはもう舞踏会では未婚《みこん》の若い男に相手にされておらず、言い寄ってくる男は『国内二番手の大貴族』プレッキ公爵令嬢《こうしやくれいじょう》に顔繋《かおつな》ぎがしたいだけだ。取り巻きの令嬢たちさえ、本来公爵令嬢と付き合うには格が落ちる程度の家柄《いえがら》しかなく、その原因は――『国内随一《ずいいち》の大貴族』ド・モラクス公爵家にある。今のド・モラクス公爵は結婚《けっこん》してから晩餐《ばんさん》会や夜会を開くようになった。彼の幻想《げんそう》的な美貌《びぼう》に加え、彼の妻がセッティングする儚《はかな》くも美しい光は来訪客を虜《とりこ》にし、その評判はたちまち全土に広まった。そのせいで出席希望者が増えたが、ド・モラクス公爵家主催《しゅさい》の晩餐会に出られる貴族はごく限られた者だけで、一度でも招待されればそれはそのまま誇《ほこ》るべき貴族のステータスとなるほどだ。

彼の言うとおり、この国において舞踏会ではしゃぐような貴族令嬢は、あまりにも世間を知らなすぎる。貴族としての価値はもうそこにはなく、ただの見合い会場だ。それも、格の落ちる者たちしかいない。古株の貴族たちはまだ談話と踊《おど》りを楽しむ目的で来訪するが、それも時代の流れとともに淘汰《とうた》されるだろう。

アマンダはそれが分かっているが、どうしようもない。プレッツキ公爵家が主催する舞踏会ばかりだったかつての時代の栄光を取り戻《もど》すべく積極的に舞踏会に出ようとしても、もう婚約者のいる身で浮《うわ》ついたことばかりするな、とたしなめられる。その風潮に、アマンダは嫌気《いやけ》が差していた。

だから、つい愚痴《ぐち》がアマンダの口を衝《つ》いて出てしまった。

「そうなのです、まったく。度しがたいですわ。己《おのれ》の身分もわきまえず、名目上貴族だから手に入れた招待状で私たちと同等になった気がしているのでしょうね」

滑《なめ》らかになった口は、止まらない。

「それに……お高く止まって、自領から出てこず、リュクレース王国のために義務を果たそうとしない大貴族。あんなものがいるから、下の者たちがつけ上がるのです。それどころか、今はイヴリース王子のもとに、娘《むすめ》を送り込んでいるだとか、そんな噂《うわさ》まで聞こえてきているほど」

私が王子の婚約者よ、将来の王妃となって思うままに振《ふ》る舞《ま》うための道具をぽっと出の小娘に渡《わた》すものですか。

その思いが透《す》けて見えて、彼は内心ほくそ笑《え》む。事前に得た情報は確かだった、アマンダはリュクレース王国第一王子イヴリースとの婚約を快く思っていないし、最近現れたというド・モラクス公爵《こうしやく》家の令嬢がイヴリースに近づいていることにも神経を尖《とが》らせている。

そこにつけ込む隙《すき》があることを、『テネブラエ』は見逃《みのが》さない。

アマンダはようやく自分が何を言っているのか気付き、慌《あわ》てて言い繕《つくろ》う。

「あら、いやだ。ごめんあそばせ、何も聞かなかったことに」

「いいのですよ。アマンダ様、私も商人です、貴族の令嬢《れいじょう》に宝飾品を仕立てる仕事は長くやっておりますが……昨今の令嬢たちは、なぜ自分たちが舞踏会に出られるのか、分かっていない。貴族としてふさわしい振る舞いをし、貴族社会の一員となるために舞踏会への参加を許されているというのに、自分自身の晴れ舞台だと勘違《かんちが》いしている」

彼は次々と、アマンダの心を汲《く》み取った言葉を口にする。商人という立場から見た貴族の批判、しかし同じ口で、プレッツキ公爵令嬢アマンダは違《ちが》うと言う。

あなたは特別なのだ。特別であるのだ、と言われて心揺《ゆ》れ動かない人間は、そういない。

「あなたのような方にこそ、貴族の頂点、代表としての責務の自覚と誇りを備える方にこそ、舞踏会の主役の座は与《あた》えられるべきだというのに」

まるで懇願《こんがん》するような口ぶりで、彼はアマンダへ訴《うった》える。心にもない言葉を飾《かざ》り、本心であると偽《いつわ》って聞かせることにかけては、彼の右に出る者はいない。

当然、アマンダはもう彼に心を許し、すっかりご機嫌《きげん》だ。

「もう、そうやって褒《ほ》めて、私が喜ぶとお思い？　私は将来の王妃なのですよ」

「存じております。しかし、今はプレッツキ公爵令嬢アマンダ様です。今だけは違うのですよ」

彼は愛想笑いではなく、微笑《ほほえ》みを見せる。そして商人としての仕事に切り替《か》え、アマンダに拳大の翡翠のレリーフはどう似合うか考えている、という素振《そぶ》りを見せた。誠実な商人である、と見せるためにだ。

アマンダは、彼の名前を知らないことに気付く。彼に興味が出てきた。商人として自分を立て、貴族を批判し、プレッツキ公爵令嬢アマンダを好意的に捉《とら》える人間。

何よりも、将来の王妃ではなく、今はアマンダはただの公爵令嬢なのだ、と見てくれる人間。そんな人間とは、アマンダはしばらく会っていなかった。将来の王妃としてふさわしい行動を、教養を、婚約してからずっとそう言われつづけてきた。

アマンダは、彼の名前を尋《たず》ねる。

「そういえば、あなたの名前は？」

彼はにっこりと笑って、名乗る。

「テネブラエ、と申します。さあアマンダ様、こちらの指輪などいかがでしょう？　お手を拝借いたしますよ」

彼、テネブラエはアマンダの左手を優《やさ》しく取った。指に蔦《つた》が巻きつく意匠《いしょう》の金の指輪。

それをはめるためには、時間がかかる。

テネブラエと触《ふ》れ合ったアマンダは、もうすっかり心が傾《かたむ》いていた。


数日前のことだ。

エスターはこんなことを思いついて、ウォールドネーズへ進言していた。

「ひょっとして、なのですが……テネブラエは、その手に見えないインクをつけているのではないでしょうか？」

ウォールドネーズは興味深そうに、片眉《まゆ》を上げる。

「落とさずに、か？」

「ええ、見えないので。確か、北国の人々はそれほど手を洗う習慣がありませんし、ただでさえ見えないインクで書くことは難しくて、手につくこともあると思います。それに読まれない自信があれば、わざわざそこまで気にしないでしょうし。私も昔、これで遊んでいたとき、意外とあちこちについていて、遊び終わったら光魔法《まほう》で手や服を確認《かくにん》するよう母に言われたことがあります」

「なるほど。ふむ、見えないだけに、丁寧《ていねい》に拭《ふ》き取らないかもしれぬな」

「こうして見えないインクでやり取りをしている、ということは、テネブラエ側も確実に書いて送っている、と思うのです。それ自体はそこまで難しいことではありませんから。となれば、見えないインクを手につけた人間こそ、テネブラエなのではないか、と」

　エスターの発言は、周囲にいた密偵《みってい》たちをも驚《おどろ》かせた。

　その可能性があるなら、試《ため》すべきだ。密偵たちの顔は、そう語っていた。

　ウォールドネーズは一つ頷《うなず》き、エスターへこう告げる。

「すまぬが前言撤回《てっかい》だ。エスター、君もアマンダとテネブラエの接触《せっしょく》現場に行ってほしい」

「承知いたしました。動かぬ証拠《しょうこ》を突《つ》きつけるためですね」

「ああ、できれば君をテネブラエの前に出したくはなかったが、致《いた》し方ない」

「大丈夫《だいじょうぶ》です！　イヴ様のためです、頑張《がんば》ります！」

エスターは、やる気をみなぎらせた目で、ウォールドネーズの意を汲んだ。

テネブラエを捕《つか》まえるのだ。この部屋にいる人間の心が、一つになった瞬間《しゅんかん》だった。


月曜日、高級ホテルの一室に踏《ふ》み込んだのは、ダナエと私、それに十人以上の優秀《ゆうしゅう》な警察の捜査《そうさ》官たちです。

「はいはい、動くなよ、二人とも。そのまま両手を挙げて、ストップだ」

ダナエがそう指示を出した先には——ドレスとコルセットを脱《ぬ》いで、ブラジャーを外し両腕《りょううで》で胸を隠《かく》した姿となった金髪《きんぱつ》の女性——プレッツキ公爵令嬢と、シャツの襟元《えりもと》を緩《ゆる》めた礼服の黒髪《くろかみ》の男性がいました。寝室《しんしつ》のベッドに腰《こし》掛けていたプレッツキ公爵令嬢《こうしゃくれいじょう》はシーツを摑《つか》んで立ち上がり、棘《とげ》のある声を上げます。

「これは、どういうことですの？」

「宰相《さいしょう》閣下のご命令です、アマンダ嬢。それと、テネブラエ。下手に動けば、何をしてもいいとのお達しです」

どういうことだ、とプレッツキ公爵令嬢の顔には大変な困惑《こんわく》の色が見えます。しかし、もう一人、テネブラエと思《おぼ》しき男性は、何一つ動揺《どうよう》していません。立ち上がったプレッツキ公爵令嬢のそばにやってきます。

プレッキ公爵令嬢のダナエへの弁解は、もう金切り声になっていました。

「私はただ、宝石商と話していただけですわ！」

「ベッドのある部屋で？　下着で？」

「し、将来の王妃《おうひ》に向かってなんと無礼な！」

「それに関してはのちほどお叱《しか》りを受けましょう、違っていたらですが」

何を言っても無駄《むだ》だ、とプレッキ公爵令嬢はまだ気付かず、さらに何かを言おうとしていましたが、男性が肩《かた》を掴んで後ろに下げました。

テネブラエと思しき男性は、ダナエに対し愛想《あいそ》笑《わら》いを浮《う》かべています。

「やあ、リュクレース王国はここまで外国人に対して排斥《はいせき》的な行動を取るのですね」

「善良な外国人には取らないさ。お前はニュクサブルク人だな？」

「ええ、証明書もあります。ですが、ニュクサブルクとリュクレース王国の間には商取引に関する自由協定があるではありませんか。このことは本国に伝えておきますよ」

「ご勝手に。さて、お嬢様、出番です！」

ダナエに促《うなが》され、私は緊張《きんちょう》を無視して一歩進み出ます。私はこのときのためにやってきたのです。

すう、と息をした私へ、テネブラエと思しき男性は少し意外な顔を見せました。

「あなたは？」

「あ、どうも。名乗るほどの者ではありませんので、お気になさらず」

なんだか、もうちょっとしっかりした言い方ができたような気がしますが、緊張のせいにしておきましょう。そうしましょう。

テネブラエと思しき男性は、涼《すず》しげな顔です。

大丈夫、私のような娘《むすめ》に何ができると思っているのでしょう。それでいいのです、油断してくれているのですから、つけ込みましょう。

私はダナエと練習したとおり、テネブラエと思しき男性へこう頼《たの》みます。

「両手、素手《すで》を出していただいてもよろしいですか？　切ったり叩《たた》いたり捕まえたりはしませんので」

私は嘘《うそ》を吐《つ》いていません。だからか、それほど警戒《けいかい》はされませんでした。実際のところ、きっと理由は他《ほか》のところにありますが。

「分かりました、どうぞ」

「ありがとうございます」

テネブラエと思しき男性は、これから起こることを想像もしていないでしょう。白い長手袋《てぶくろ》を脱ぎ、両手の素肌《すはだ》を見せます。

私はそこに、あの光魔法を投射するだけです。

「えい」

かけ声とともに、ほの暗い光が両手へかかり——黄緑色と紫色《むらさきいろ》の光を、その素肌に光らせます。指先を中心に、手のひらにも斑模様《まだら》ができていました。言い逃《のが》れができないほど、しっかりと光ったその両手を、意味の分かる人々だけが驚きをもって、納得《なっとく》します。

テネブラエと思しき男性は、涼しい顔のままです。目だけが動き、蛍光《けいこう》反応を示す手と私を見ています。

まさか、光魔法の使い手を追放したことのある国で、光魔法を使った捜査をされるとは、思ってもみなかったことでしょう。母の逸話《いつわ》と光魔法の希少さが、こんなところで活《い》かされました。やったね。

「よし、蛍光反応が出た。こいつがテネブラエ……」

ダナエが言い終わる前に、『テネブラエ』は目にも留まらぬ速さで動いていました。私を抱《だ》き抱《かか》えて、私の首へ腕《うで》を回し、締《し》めつけたのです。

「動くな。お嬢様の首をへし折るぞ」

テネブラエの脅《おど》しに、皆《みな》が動きを止めます。

力強く首を押さえられ、私はどうすることもできません。息ができることが幸いです。

ダナエたちが心配しないよう、私はなんとか声をかけます。

「わ、私はとりあえず大丈夫ですので、落ち着いて」

「しかし」

「悪いが、少し付き合ってもらいますよ、お嬢様」

こうなるとは思ってもみませんでした。

テネブラエは私を抱いたまま、部屋の窓をぶち破り、バルコニーから飛び降りたのです。

目なんか開けていられません。テネブラエを信用して、というか人質《ひとじち》としての価値があるなら放《ほう》り出したりしないはず、と自分の心を落ち着かせるよう必死で、そのあとしばらくどうなったかなど分かりませんでした。


いつの間にか、私はテネブラエの肩に担《かつ》がれていました。抱《だ》っこは疲《つか》れるのでしょうか。いえ、走りやすいようにこの担ぎ方ですね、多分。

どこかへ走って逃《に》げるテネブラエへ、私は要求します。

「あのー、せめてお姫様《ひめさま》抱っこをしてもらえませんか？　こんな、小麦袋みたいな抱えられ方は、ちょっと傷つきます」

テネブラエは速度を緩めず、答えてくれました。

「これはご無礼を。もう少しの辛抱《しんぼう》ですよ」

「はーい」

抵抗《ていこう》は無意味なので、私はもう諦《あきら》めています。誰《だれ》か助けてくれればいいのですが。

しょうがないので、暇《ひま》な私はテネブラエと話をすることにしました。

「あなたも光魔法《まほう》を使えるのですか？」

「さて、どうでしょうね」

「そうですか……えっと、この先は」

「馬車を用意しています。しばし旅となりますので、ご容赦《ようしゃ》を」

あっ、これは私、人質として国外に連れていかれる流れですね。見えないインクを見えるようにした光魔法も、多分秘密を守るために確保しておくとか、そういうことでしょう。

でも、私はそこに関しては大丈夫《だいじょうぶ》、という確信を持つに至っていました。

「えーと、それは無理です」

だって――テネブラエが走る先を見たから。

そこには、私と同じブラウンの髪《かみ》をした、なんだか見覚えのある青年が一人。細い剣《けん》を構えて、叫《さけ》びます。その構え方、見たことがあるので私はしっかり目を閉じます。

「エスタあああああああ！」

目を閉じていても真昼のように明るい、強力な光魔法。

剣を媒介《ばいかい》にして、前方にだけその光を照射する、とんでもない目眩《めくらま》し。

私を抱えていたテネブラエが体勢を崩《くず》しました。テネブラエが壁《かべ》にぶつかり、しゃがみこんだおかげで、私はころんと地面に転がされて解放されました。

まだチカチカする目を開けて、私は文句を言います。

「お兄ちゃん、うるさいし眩《まぶ》しい！」

「くっ……！」

それでも、テネブラエは立ち上がり、警戒態勢を取りました。すごいです、密偵《みってい》。

剣術馬鹿《けんじゅつばか》はまた叫びます。

「闇《やみ》あるところに光あり！　将来的にはこの国一の剣士になる予定の俺、レナトゥス・ド・モラクス、参上！」

はい、そうですね。そんなことをする人間はこの国がいくら広くても一人しかいません。

現れたのは私の双子《ふたご》の兄、レナトゥスです。出会い頭《がしら》に強力な光魔法を照射するという一歩間違《まちが》えれば失明するかもしれない真似《まね》をする、まったく気遣《きづか》いのかけらもない使い方をする馬鹿です。名乗り文句も馬鹿っぽいです。

だからテネブラエもこう言ってしまったのでしょう。

「馬鹿ですかあなた」

「あれでも兄なのです、一応」

私は擁護《ようご》しておきましたが、多分無駄《むだ》です。テネブラエのため息が聞こえました。

レナトゥスはやっぱり叫びます。

「妹を置いていくなら、今はとりあえず見逃《みのが》してやる。そいつはそれでも公爵令嬢《こうしやくれいじよう》なんだ、そして俺のたった一人の妹だ。連れていかせるわけにはいかん！」

助けに来たのなら、もっと穏《おだ》やかに助けられないものでしょうかね。私は不満たらたらです。

一方で、テネブラエは私の背中を押しました。

「なるほど。では、どうぞ」

行ってください、と私をレナトゥスのほうへ進ませます。いいのかな、と思いながらも、私は早歩きで兄の後ろに隠《かく》れました。

「素直《すなお》すぎて怪《あや》しいんだが、まあいい。ウォールドネーズ宰相《さいしよう》はこう言っていたぞ、証拠《しようこ》は押さえた、だとさ」

テネブラエはふっと笑って、踵《きびす》を返します。

「それでは、ごきげんよう。次に会うときは敵対しないよう、祈《いの》っていますよ」

実に紳士《しんし》的に、テネブラエはどこかへ去っていきました。私がいるせいでしょうか、レナトゥスはテネブラエを捕《つか》まえる気がないのか、それを見送りました。

レナトゥスはテネブラエがいなくなってから、私の両肩《りようかた》を摑《つか》んで前後に振《ふ》ります。

「エスター！　大丈夫か？」

「平気、小麦袋みたいに担がれただけ」

「なんだ、そのくらいか」

「それより、お兄ちゃん、いつの間に王都に来てたの？」

家族の前ではお兄ちゃん、と幼いころの呼び方がもう直しようのない癖《くせ》になっており、私は勢いでそう言ってしまいましたが、まあいいでしょう。

私の問いに、レナトゥスは思いっきり目を逸《そ》らしました。

「お兄ちゃん？」

「いや、その、お前が心配で、こっそりついてきてた」

「お兄ちゃん！　来ないように言ったでしょ！　なんでそういうことするの！」

「し、仕方ないだろ！　結局、ウォールドネーズ宰相に見つかるし！」

レナトゥス、私を追いかけてド・モラクス公爵領《こうしやく》からはるばる来た上に、結局宰相閣下と会ってテネブラエ捕獲《ほかく》作戦に参加していました。

私、それは聞いていなかったのですが、そうなっていたのかとまたしても宰相閣下に謀《はか》られたような気がしてなりません。

レナトゥスは思い出したように、私の気を逸らすための言い訳を並べます。

「あ、そうだ！　時計職人の取り調べが終わって、馬車の場所が分かって先回りしててな、ちょうど出くわしてよかった」

「話逸らさないで。いい？　王城の騎士《きし》たちに決闘挑《けっとういど》まないでよ。試合もだめ、私と一緒《いっしょ》にすぐ領地に帰ること。いい？」

「はーい……」

こんなのが将来のド・モラクス公爵なのか、と思うとため息しか出ません。

私はレナトゥスを連れて、ダナエと合流するためにホテルへ戻《もど》ることにしました。途中《とちゅう》の道で会うでしょう、きっと。

テネブラエを捕獲することは叶《かな》いませんでしたが――ニュクサブルクの手先であるテネブラエの目的を阻止《そし》することはできました。今はそれでよしとしてください、本当に。


事態は急転し、テネブラエの逃走《とうそう》の翌日。

王城のとある一室に、プレツキ公爵令嬢アマンダが呼び出されていた。そこには第一王子イヴリースと、宰相ウォールドネーズ、それと護衛の騎士たちが配置されている。

一番奥の椅子《いす》に座るイヴリースが、罪人のようにテーブルを挟《はさ》んで立っているアマンダへ、こう尋《たず》ねる。

「アマンダ・プレッキ。呼ばれた理由は分かっているな？」

　アマンダは答えない。昨日の騒動《そうどう》のせいで、まだショックが抜《ぬ》けきっていないようだ。いつもなら無駄に強情《ごうじょう》なのに、とイヴリースは思いつつ、これからの宣告に抵抗されないであろうことに気を楽にする。

　宝石商を装った他国の密偵と不貞《ふてい》を働いている現場を目撃《もくげき》され、言い逃《のが》れもできずに王城に呼び出されたアマンダは、婚約《こんやく》者であるイヴリースになにかを言える立場ではない。

その一連の騒動の捜査《そうさ》を担当し、無事密偵を追い払《はら》った宰相ウォールドネーズは、イヴリースの隣《となり》に立って、冷ややかにアマンダを見下ろしている。

　ウォールドネーズは、今回の騒動について、包《つつ》み隠さずすべてイヴリースへ報告した。エスターを利用したことについてはイヴリースも不機嫌《ふきげん》にならざるをえなかったが、ウォールドネーズは国のためにならないことはしない。

　だから、ウォールドネーズはこう言った。

『これであなたの首に嵌《はま》っていた婚約という首輪はなくせます。なくしてもいいのです、殿下《でんか》。今回のことは、リュクレース王国の王侯《おうこう》貴族に対してのさまざまな警鐘《けいしょう》となるでしょう。時代の移り変わり、権威《けんい》の凋落《ちょうらく》、王家の価値の再考、他国への警戒《けいかい》の必要。それらの狭間《はざま》で動くつもりがおありなら、あなたがどう動くかは自由なのです』

渡《わた》されたチャンスと自由。イヴリースならばそれを無駄にしない、とウォールドネーズは踏《ふ》んだのだろう。

言っていいのだ。もう、ウォールドネーズは反対しない。

「残念、というのは正直なところではない。お前との婚約は破棄《はき》する。今なら双方《そうほう》同意の上で、となるが、どうだ？」

イヴリースの宣告は、まだ温情のあるほうだ。本来なら婚約という契約違反《けいやくいはん》により、プレッキ公爵家は多額の違約金《いやくきん》を支払《しはら》わなければならなくなる。だが、双方同意の上の破局ということならそれもない。それに、不貞を働いたことに関しては、噂《うわさ》にならないよう緘《かん》口令《こうれい》さえ敷《し》かれている。

ここまで気遣われて足掻《あが》くほど、アマンダはプライドをかなぐり捨てられはしなかった。彼女の最後に残ったプライドが、答えを出す。

「……ご随意《ずいい》に、殿下」

アマンダは顔を上げなかった。イヴリースに合わせる顔がない、というよりも、弱味を握《にぎ》られ、恥辱《ちじょく》に塗《まみ》れたアマンダは、これ以上の責め苦を味わいたくないがために、大人しかった。

イヴリースは形式的な別れの言葉を投げる。

「そうか。ならよかった。用はそれだけだ、今後王城に来る用件は生まれようがないだろう。息災でな」

ウォールドネーズが目配せをし、騎士たちがアマンダを外へ誘導《ゆうどう》する。

これから先、アマンダが王城に現れることはないだろう。その恥辱を忘れないかぎり、王家に近づくことさえないはずだ。

イヴリースは扉《とびら》が閉まったあと、ウォールドネーズへ尋ねる。

「これでいいのか、宰相」

「はい。プレッキ公爵家の家名に傷こそつきますが、その基盤《きばん》を揺《ゆ》るがせるわけでもなし。根回しは行いますので、ご心配には及《およ》びません」

ウォールドネーズがそこまで言うのなら、とイヴリースは納得《なっとく》する。

イヴリースと、プレッキ公爵令嬢《こうしゃくれいじょう》アマンダとの婚約は破棄された。政略結婚《けっこん》はご破算となり、イヴリースは自由の身だ。しかし、イヴリースに王子という価値がある以上、これから先同じことが起きないとは言い切れない。

気分が落ち込んでいるイヴリースへ、ウォールドネーズは提言する。

「殿下、今回の功労者、エスター・ド・モラクスへ褒賞《ほうしょう》を与《あた》えませんと」

「ああ、そうだったな。何を与えようか。ド・モラクス公爵家の令嬢が喜ぶほどのものとなると、なかなか」

「あなたではいかがでしょう？」

これ以上の婚約はお嫌《いや》でしょうから、お好きにどうぞ、とウォールドネーズは半ば冗談《じょうだん》のように言い添《そ》えた。

イヴリースは、開いた口が塞《ふさ》がらない。いや、そうではない、ウォールドネーズは、それを口実にしようとしている。

すなわち――イヴリースを、リュクレース王国王家から解放するための口実に、だ。

ウォールドネーズは知っているはずだった。イヴリースは優秀《ゆうしゅう》で、貴族令嬢との婚約を嫌がっており、先代ブレナンテ伯爵《はくしゃく》らによって自由に育てられたこともあって、王城に閉じ込められることをよしとしない。その気質を鑑《かんが》み、その能力を活《い》かすためには、王城と王家の縛《しば》りから解き放たなければならないことを。

それに、もっとも重要なことがある。イヴリースは、国王になどなりたくないのだ。いくらでもいる叔父《おじ》や血縁《けつえん》の男子、遠く貴族の中にいる王位継承《けいしょう》権者たちに譲《ゆず》ったっていい、と考えている。

「俺が王位になんか興味がないことは、お見通しか」

「はい。これでも、何十年と国と人を見てきましたゆえ。リュクレース王国はこれより衰《すい》退《たい》します。それは避《さ》けられぬ運命です、ならばそこに、あなたほどの有望な才能を費《つい》やしてしまうのは、あまりにも惜《お》しい」

だから。ウォールドネーズは目を細める。

「老人はこの国と運命をともにします。若者を沈《しず》む船から逃し、王家を存続させるように措置《そち》を講じます。そのために」

「ド・モラクス公爵家に媚《こび》を売れと？」

「死にたくなければ」

淡々《たんたん》とそう言われ、イヴリースは口を尖《とが》らせる。確かに、この国においてド・モラクス公爵家の後ろ盾《だて》ほど強固なものはない。

「意地が悪い」

「老人ですゆえ」

「エスターの家なら俺を利用はしないだろうから、ド・モラクス公爵領《こうしゃく》に行っても安心できるが……うーん」

そこまで言って、イヴリースははたと気付く。ウォールドネーズは、イヴリースとエスターの婚約を勧《すす》めているわけではない。強制はしない。ただ、エスターに褒賞を与えるなら何がそれにふさわしいか、という話の延長上のことだ。

「ウォールドネーズ。ひょっとして、俺にエスターを幸せにしろ、と言いたいのか？」

エスターは、幸せな家の、幸せな娘《むすめ》だ。その幸せを守るために、もっと幸せにするために、どうすればいいのか、とウォールドネーズは考えたのだろう。そこにイヴリースを加えれば、諸々《もろもろ》の懸案《けんあん》は解決することも含《ふく》めて。

ウォールドネーズは、イヴリースの背中を押すために、一言。

「焼きたてのパンをともに食べるくらいには仲がよろしいようで」

それを聞いて、イヴリースは頬《ほお》を紅潮させる。

「エスターめ、しゃべったな！」

「お好きなのでしょう？」

「やめろ、こんなときまでからかうな！」

「若者が恋《こい》をすることは止められますまい」

「恋？　これが？」

「誰《だれ》かを幸せにしたいと思えるのなら、それは恋でしょう、殿下」

イヴリースは、腕《うで》を組んで悩《なや》む。

しばし考えた末に、やっとウォールドネーズの言葉の意味を呑《の》み込んだ。

「……そうか。確かに、そうかもしれないな」

ウォールドネーズは微笑《ほほえ》む。

「善は急げ、誰かに止められる前に、行動いたしましょう」

よく言う、宰相《さいしょう》ウォールドネーズの後押しがある事柄《ことがら》を、この国の誰も止められはしない。

複雑な心境から感謝を胸に秘《ひ》めつつ、イヴリースはウォールドネーズの厚意《こうい》に甘えることにした。

終章　恋人　[De Morax]

一ヶ月後、ド・モラクス公爵邸《こうしゃくてい》に、イヴがやってきました。

身の回りの荷物と、ウォールドネーズ宰相閣下からのいくつかの手紙を持ち、師である一人の若い学者を連れて。

王子としての身分はもう通用しない、という言葉から始まった王城でのやりとりを、私とド・モラクス公爵である父、そして母が応接室で聞きます。私は呆気《あっけ》に取られていましたが、父と母はそうでもないようです。

「そういうわけで、居候《いそうろう》をさせてくれ」

イヴは堂々と、頼《たの》んでいるというよりも、これからそうする、と言っているようです。

私は落ち着いている父と母へ、どうするのか、という意味で呼びかけます。

「お父様」

「かまわないよ。宰相閣下からの推薦《すいせん》もあれば、断るわけにはいかない」

「お母様」

「エスター、いつの間にお婿《むこ》さんを連れてくるように」

「お母様！　そういうことじゃない！　です！」

私は自分でも分かるくらい顔を真っ赤にして抗弁《こうべん》します。お婿さんではありません、付き合ってさえいません。

いえ、でも、ウォールドネーズ宰相閣下曰《いわ》く、私への褒賞としてイヴをド・モラクス公爵家へ送り込む、という意味不明な話が来ているわけで——イヴ、褒賞なのですか？　私の？　私は一体、どう受け止めればいいのでしょう？

「安心しろ。俺はただの学生だ。色々考えたんだが、俺にできることと言えばやはり、学問だ。これからは、王城から一緒《いっしょ》に来てくれた学者の見習いとして、ド・モラクス公爵家の世話になるつもりだ。訳あって王位継承権はまだ放棄《ほうき》していないが、そのうち意味はなくなる。その間に身を立てる必要があるんだ」

イヴ、それは安心できることなのでしょうか。まあ、王子でありながら自分で身を立てる、と言っているのですから、立派な心がけですし、私は——。

私は、イヴの告白を耳にします。

「だから、その間に……お前を幸せにできるよう、お前にプロポーズできるよう、頑張《がんば》る」

目玉が飛び出てしまいますよ、そういうことを言われると。

イヴは私へプロポーズをするつもり、結婚を申し込むつもりで、それは、それは、私のことが好きだと、そういうことでしょうか。そういうことですよね、きっと！

何分にも初めての経験で、私は戸惑《とまど》ってばかりです。いけない、ちゃんと答えないと。

「い、今はまだ、お付き合いを始めたばかり、ということで」

言ってしまったあと、私は気付きました。

恋人として付き合うことは認めてしまったのだと。

イヴはしてやったり、と満足げに笑っていました。

「なんだ、付き合ってくれるのか？　そうか、そこから口説くことになるかと思っていた」

「あー！　もー！」

「言ってしまったなぁ」

「言ってしまったわねぇ」

父も母も、他人事《ひとごと》です。娘のことなのに。あとで分かったことですが、私の自由恋愛《れんあい》を認めるために、他《ほか》の婚約話《こんやく》を断るために、そういう反応をしたのだとかなんとか。王子が付き合っている恋人だと分かれば、皆《みな》さん婚約を断られても納得《なっとく》するでしょうから。

そういうわけで、私はイヴと付き合うことにしました。

とはいえ、私もイヴも、恋などしたことがありませんから、これからどうなるのか――

それは分かりません。

でも、変化したのです。イヴはチャンスを得て、勇敢《ゆうかん》にも変化の中に飛び込んだ。どうしようもないと思っていた現実に抗《あらが》った。私はそれを望んでいたのですから、ここで放《ほう》り出すのは無責任です。

嫌《いや》な未来は、望んだ未来になるのだと、これから証明してやればいいのです。


私はイヴとともに、毎日光魔《ま》法《ほう》の新しい使い方を模《も》索《さく》する日々を過ごし、楽しく暮らしていきました。

たくさん、たくさんそれはあって——ここには記しきれません。

あ、一つだけ記せることがあります。

不肖《ふしょう》の兄、レナトゥスの目眩《めくらま》し剣術《けんじゅつ》、あれは応用されて大規模な照明器具として使われることになり、一応世間様のお役には立っているようです。よかったですね、とても公爵のやることじゃないですが。

後日談　学者の卵と公爵令嬢の話　［Yverees］

冬がやってきた。リュクレース王国西側にあるド・モラクス公爵領は、海からの季節風と暖かい海流の関係でそれほど寒くはならない。雪が降り積もる王都や極寒《ごっかん》の嵐《あらし》と泥濘《でいねい》に苛《さいな》まれる東側より、人々は一年を通して活発に動ける、恵《めぐ》まれた土地だ。

ド・モラクス公爵領に来て初めての冬を経験しているイヴことイヴリース・リュクレース・フォン・エルミラントは、プレヴォールアー家の屋敷《やしき》で居候をしていた。公爵邸で暮らすには少々政治的にまずい理由――リュクレース王家に対して、イヴが人質《ひとじち》のように受け止められかねない――もあり、信頼《しんらい》のおけるところに住まうことがいいだろう、という判断が下されたのだ。エスターの母オーレリアの実家であるプレヴォールアー家は、エスターが生まれる前に王都からド・モラクス公爵領の領都バルテルヌの郊外《こうがい》にある古い屋敷に引っ越《こ》してきたのだ。そのときにロスケラー男爵位《だんしゃくい》も返上し、現公爵夫人の実家でありながら平民としてつつましやかに暮らしている。素行もよく、何より長年騎馬《きば》警察官を務める公爵夫人の父と兄がいることから、安全面にも問題がないとされたのだ。

実際、イヴはプレヴォールアー家の面々に迎《むか》えられ、よくしてもらっているのだが――

ただ一つだけ、いつもいつも頭を悩ませることがある。

今日もまた、それが来る。

「イーヴー！　訓練しようぜー！」

屋敷の玄関《げんかん》前で、毎朝イヴを呼ぶ声がする。ド・モラクス公爵家の嫡子《ちゃくし》、レナトゥスだ。

イヴはため息を吐《つ》きながら、家人に迷惑《めいわく》がかからないよう急いで玄関に向かう。扉《とびら》を開けると、ブラウンの髪《かみ》と目の色をした青年が、訓練用の剣《けん》を二本携《たずさ》えて無邪気《むじゃき》な笑顔《えがお》で立っていた。曇天《どんてん》の朝だというのに上機嫌《じょうきげん》だ。

「おはよう！」

「おはようございます。今日は実験があるから休むって言ったじゃないですか、昨日別れるときに」

「そうだっけ？　まあ来たからにはしょうがない、やろうぜ！」

レナトゥスは実に楽天家で、強引《ごういん》で、剣術の訓練を好む。イヴも王族として多少なりとも護身用に剣術を習っていたため、それを知ったレナトゥスが毎日こうして訓練をしようとやってくるのだ。

イヴがさらに断りの文句を入れようとしたところで、レナトゥスの後ろに小さな影《かげ》があることに気付いた。ひょこっとその影はレナトゥスの背から顔を出す。

ブラウンの髪と目の色、レナトゥスの双子《ふたご》の妹でありド・モラクス公爵家令嬢のエスターだ。お転婆《てんば》、というわけではないものの貴族の令嬢《れいじょう》らしくはない、乗馬服にも似た動きやすい格好をしている。

「イヴ、おはようございます。申し訳ございません、引っ張って止めたのですが、このとおり」

エスターの両手は、しっかりレナトゥスの服の首元と脇《わき》を摑《つか》んでいるのだが、レナトゥスは意にも介《かい》していない。引き剝《は》がさないあたり、レナトゥスなりに妹とのスキンシップを楽しんでいるのか、それとも素《す》で気にしていないのかは分からない。何にせよ、エスターは健気《けなげ》にも兄のレナトゥスを止めようと毎日あの手この手を試みているようだが、まだ実を結んだことはなかった。

しかし、イヴは考えを変える。曇天の空、レナトゥスとエスターという光魔法の使い手の兄妹《きょうだい》。

今日予定している実験には、強い光——普段《ふだん》なら太陽光を使うのだが、曇《くも》りの今日は使えない——光魔法が必要だ。これは天の配剤《はいざい》というものだろう。

「ともかく、ちょうどよかった。二人に頼《たの》みたいことがあったから」

「頼みたいこと？」

「おう、いいぞ。だから訓練」

「お兄ちゃんは黙《だま》ってて」

何の話も聞かず即座《そくざ》に返事をしたレナトゥスの頬《ほお》と脇を、エスターが踏《ふ》ん張って力一杯《ちからいっぱい》ぐいっと押す。それでもレナトゥスはまったく動かない、相当体幹を鍛《きた》えているようだ。

イヴは二人を家の中へ招く。勝手知ったる母の実家、レナトゥスとエスターは遠慮《えんりょ》なく入って、キッチンにいた祖母に短く挨拶《あいさつ》して手を振《ふ》っていた。

屋敷の二階、イヴにあてがわれた部屋は四つある。私的な部屋のほかに、王城から連れてきた科学者の部屋、それから実験室と資料室だ。元々空いていた部屋だから、と二人の祖父は二つ返事で貸してくれたのだ。

三人は古くなって軋《きし》む階段を上る。

「今日は曇りだから、光が欲しかったんだ」

イヴの言葉に、レナトゥスもエスターもまだ何事かは察していなかった。ただ、必要とされているなら、と光魔法を使うことに何の躊躇《ためら》いもない二人だ。大した説明がなくとも、友達――レナトゥスはすでにそう公言している――と恋人《こいびと》――エスターは両親にそう紹介《しょうかい》してしまっている――のためなら、と考えているのだろう、とイヴは推測できた。

イヴが二階の角部屋、実験室の扉を開けると、中には作業机が二つ、それから積まれた本や書類、ガラスや木製の実験器具が所狭《ところせま》しと並べられていた。窓際《まどぎわ》には、黒いカーテンを閉めようとしていた一人の若い科学者がいる。

「ウィルケント、ちょうどいい人手が来たぞ」

波打つ黒髪《くろかみ》の男性は、王城でイヴの家庭教師を務めていた、シャルトナー王国出身の科学者ウィルケントだ。ところどころ汚《よご》れの目立つ白衣が、彼の研究のこと以外諸事どうでもいい性格を表している。

とはいえ、研究に関することならそれなりに人付き合いもよくなる、現金な性格でもある。

「おや、ド・モラクス公爵家のお二人ですか。ああ、なるほど、ちょうどいいですね。よかったよかった」

「何がちょうどいいんだ？」

レナトゥスの至極《しごく》真っ当な質問に、ウィルケントは黒いカーテンを閉めながら、いそいそと実験器具を漁《あさ》りはじめる。

「実験器具が手に入ったのですよ。とりあえず、強い光が欲しかったので」

そう言ってウィルケントが作業机の上に出したのは、大きな正三角柱のガラスと白い敷《し》き布だ。人の顔よりも大きなガラスの柱に、レナトゥスもエスターも驚《おどろ》く。そんなものを何に使うのか、とレナトゥスが言い出す前に、ウィルケントは先んじて指示を出した。

「これはプリズムです。説明するより、やってみたほうが分かりやすいでしょう。こちらから光を当ててください」

ウィルケントが指し示した方向へ、顔を見合わせたレナトゥスとエスターが移動する。

何の変哲《へんてつ》もない、大きいこと以外は特別何かあるわけでもない、ガラスの三角柱だ。その一面から光を当てる、ただそれだけでいいのかと戸惑《とまど》うレナトゥスへ、エスターが勧《すす》める。

「お兄ちゃん、やってみて」

「おう。こうか？」

レナトゥスは、ガラスの三角柱の一辺に手を当て、ごくごく普通《ふつう》に白い光を発する。

すると、光はガラスの三角柱の中を通り、対面の一辺から放射された。まさしく、そのとおりの現象が起きている。光は何色にも分かれ、対面の一辺に沿って角度を変えてカラフルに白い敷き布を照らしていた。赤や黄、青にグラデーションを生じさせて変化している光は扇状《おうぎじょう》に広がり、まるで白い光が分解されてしまったようだ。

初めて見る不思議な光景に、レナトゥスとエスターは目が釘付《くぎづ》けになっていた。ウィルケントは元家庭教師らしく、七色の光を指差し、目の前の不思議を説明する講義を始めた。

「さて、ここには何色もの光がありますね？　この光の色は、そのまま光の種類を表しています。ぱっと見、外側から赤、黄、緑、青、紫《むらさき》がありますが、これは光の中に含《ふく》まれている波長の長さがそれぞれ違《ちが》うから、プリズムを通ると分光と言って、光の種類が分けられるのです」

要するに、白い光には何種類もの光が混ざっているんですよ、とウィルケントは付け足す。初めて聞く科学的視点からの光の基本的な性質に、レナトゥスもエスターも感心していた。

すでにプリズムの分光実験を論文で知っているイヴは、次の段階へ進むために、作業机に水銀の温度計を持ってきて、ウィルケントへ渡《わた》す。

「では、この赤の光の向こうに、温度計を置きます」

ん？　とレナトゥスとエスターは首を傾《かし》げた。分光された赤い光の向こう、そこには何の光も当たっていない。しかし、ウィルケントが温度計を置くと、少しずつだが目盛りの中にある水銀が動き、温度が上昇《じょうしょう》していることを示した。

興味津々《きょうみしんしん》のエスターが指摘《してき》する。

「何だか、温度が上がっていませんか？　何か、温かいものでも置いているのですか？」

「いいえ。ここには、見えない光が当たっているのです。これは当たったものを暖める性質を持っていて、だから熱が発生します。プリズムで分けられた光の外側に、さらに、私たち人間の目に見えない不可視光である『赤外線《インフラレッド》』というものがある、その証明です」

ウィルケントの講義は、まだ続く。今度は赤い光と反対側、紫の光の外側を指差した。

そこにも、何の光も当たってはいない。

「さて、ならば逆に、紫の光の外にも何かがあると思いませんか？」

ここまで来れば、レナトゥスもエスターも先んじて理解する。あるのだ、何かが。その何かとは一体、好奇心《こうきしん》に満ちたブラウンの目が、今度は説明を引き継《つ》いだイヴへと注がれる。

イヴは一つ咳払《せきばら》いをして、何かの正体を明かす。

「それが不可視光の『紫外線《ウルトラヴァイオレット》』だ。まあ、すでにシャルトナー王国あたりで研究論文は発表されていて推測はできているから、ここでも紫外線を観測できるかの確証を得るための実験だな」

「へー！　……何か凄《すご》すぎて分からなくなってきたな。まあいいや、それが終わったら訓練しようぜ！」

「お兄ちゃん、話聞いてた？　イヴは忙《いそが》しいの、お兄ちゃんは暇《ひま》だろうけど！」

堪《こら》え性《しょう》のないレナトゥスはさておき、とエスターは話の続きに戻《もど》る。

「紫外線って、王都でイヴが、あのほの暗い光がそうだと言っていたような。でも、目に見えない光をどうやって見つけるのですか？　こちらも温度が上がるとか？」

「いいえ、紫外線はそういう現象は起きないようです。なので」

ウィルケントは白衣のポケットから、一本の香辛料《こうしんりょう》を取り出した。

シナモンスティックだ。それの先端《せんたん》をイヴが持ってきた水の入ったビーカーに浸《つ》け、無地の白い紙に『W』となぞる。

エスターは、ウィルケントが何をしているのかすぐに分かったようで、当てようとはしゃいで答える。

「光る文字ですね！」

「そうです。王都であなたが密偵《みってい》テネブラエの捕獲《ほかく》のために利用していたほの暗い光、つまり紫外線、それが本当にこの光の中に含まれているかどうか、それを確かめます。この紙を赤い光の向こう側から回してみますよ」

行きますよ、というかけ声とともに、ウィルケントはなぞった紙へ、プリズムから発している赤い光を当てる。しかし何もない。それをゆっくりと移動させ、ついに紫色《むらさきいろ》の外側に差しかかったところで――ようやく紙に変化が生じた。

光る文字が、徐々《じょじょ》に浮《う》き上がったのだ。紙が完全に紫の光の外側に入ったところで、『W』の文字は黄緑と紫にぼやけて光っている。

レナトゥスもエスターも、文字を光らせることは幼いころから遊びとして親しんできた。シナモンの中に、ほの暗い光を当てると光る物質が入っているから、光る文字を作ることができるのだ。だが、そのほの暗い光というのは何か、と問われたとき、科学的、客観的に答えることはできない。何となく感覚で光魔法《まほう》を使って、遊んでいただけだからだ。こうすれば光る、だがどうして光るのか詳細《しょうさい》には分からない。紫外線という単語を聞いたところで、それが具体的に何なのかはよく知らない。

だからこそ、今、プリズムの紫色の光の外側で、紙に光る文字が浮かんでいることが『不思議』なのだ。光魔法で作り出したほの暗い光を当てているわけではないのに、どうして光っているのか、知りたい。堪え性のないレナトゥスでさえ、目の前で見てしまっては好奇心を抑《おさ》えきれない。

「……紫の外側でだけ光ったな？」

「そうですね。なので、ここには文字を光らせた紫外線がある、というわけです。しかし、この紫外線の性質が厄介《やっかい》でして、現状の科学技術では紫外線だけを出す照明を作ることはできません。それに、複数の論文で人体に悪影響《あくえいきょう》がある、とも言われています」

「ははーん、つまり悪い光だな？」

「言い得《え》て妙《みょう》ですね。実際、あなたがたにとってはそうだと思いますよ」

「どういう意味ですか？」

ウィルケントは変わらない調子で、『悪い光』の事実を答える。

「あなたがたの父君、ド・モラクス公爵《こうしゃく》が太陽光を浴びると目や皮膚《ひふ》に火傷《やけど》を負う重度の日焼け現象、その原因の一つがおそらくこの紫外線です」

二人は、その意味を瞬時《しゅんじ》に把握《はあく》してか、青ざめる。

ド・モラクス公爵家にとって、現当主である二人の父モルガンが太陽光や強い光を浴びると異常を来《きた》し、ひどくなると全身の皮膚に火傷を負う、ということは周知の事実であり、深刻な問題だ。その原因の一つは、生来モルガンには自然現象との融和《ゆうわ》性がない、つまり火や水、光から発せられている要素、魔法使《まほうつか》いが操《あやつ》る力素《マナ》を多く含むものと相性《あいしょう》が悪いのだ。光や熱に弱く、水も煮沸《しゃふつ》消毒したものしか飲めず、土に素手《すで》で触《ふ》れるとすぐに体調が悪くなる。そんな些細《ささい》なことですら、モルガンにとっては毒となる。水も土も対策を取れば何とかできるが、人が生きていく上でどうしても避《さ》けられないのは、光だ。光がなければ見えず、動くことすらままならない。光に当たることができなければ、抵抗力《ていこう》もつかない。有害である紫外線に抵抗することもできないのだ。

ましてや、モルガンは公爵だ。なまじ才能があるだけに、光を嫌《きら》って執務《しつむ》を一切《いっさい》行わない、というわけにはいかなかった。

だから、二人は幼いころから、モルガンに光を当てることだけはやってはいけない、と肝《きも》に銘《めい》じてきた。光魔法の使い手である二人の母オーレリアがモルガンのために火傷をしない光を作り出してきたのは、ひとえにモルガンに明かりを与《あた》えるためだ。その苦労が身に染《し》みているだけに、自分たちが作り出したほの暗い光の正体が父を害するものである、ということを重く受け止めざるをえない。

レナトゥスとエスターは、慌《あわ》ててウィルケントの白衣へ縋《すが》りつく。

「ど、どうしよう、お父様の前でこの光を出しちゃった」

「あれはまずかったのか？　どうする⁉」

「そこは安心してください。ド・モラクス公爵へ直射したわけではありませんし、エスター様の作り出した紫外線はおそらく人体にそれほど影響《えいきょう》がありません。なぜなら、紫外線が強すぎるとエスター様自身も悪影響を受けかねませんから、無意識にその性質や照射方向を制御《せいぎょ》できているものと思われます。普段《ふだん》の光も、ド・モラクス公爵夫人の光魔法を真《ま》似《ね》て、力素《マナ》を含まない光を生み出せていると思われます」

これで安心、というわけではないが、二人は少しは落ち着く。今はウィルケントの言葉を信じて、父モルガンに悪影響がなかったことを願うしかない。とりあえず、二人揃《そろ》って摑《つか》んでいたウィルケントの白衣から手を離《はな》す。

これで実験は終わりだ、とばかりにイヴは黒いカーテンを開け放つ。

「とはいえ、ここから先は魔法学や医学的なアプローチが必要になってくる。少なくとも、原因は特定した。あとはそれをどう防ぐか、どう付き合っていくか、という話になる」

ウィルケントが頷《うなず》く。

「そういうことです。イヴ、今日はしっかり考えをまとめましたね、満点ですよ」

イヴは顔をしかめた。大したことはしていないのに、とつぶやき、不満を隠《かく》さない。

そのイヴの自己評価とは裏腹に、エスターはしっかりイヴを認めていた。

「すごい研究をしているのですね。びっくりしました、やっぱりイヴは頭がいいです」

褒《ほ》められて悪い気はしない、が、イヴは謙遜《けんそん》する。

「いや、これは他人の主張を確かめて、その確証を得ただけだ。研究はここからで、エスター、おそらくお前が理解できれば色々な光を作り出せると思う。その中には、悪い影響ばかりではなく、いい影響を与えるものもあるはずだ。その、協力してくれれば、助かる」

イヴはだんだんと声が尻《しり》すぼみになる。つい、話の流れでエスターに協力を仰《あお》ぐようなことを言ってしまった。頭の中で考えていたことが口を突《つ》いて出て、自分が何を言っているのか、喋《しゃべ》っている最中に気付いたからだ。

――いや、研究のためだ。決して、エスターと一緒《いっしょ》にいる口実を打算的に作ったわけではない。

イヴは恥《は》ずかしさを振《ふ》り払《はら》うように、頭を横に振る。とはいえ、イヴの気持ちは露知《つゆし》らず、エスターはイヴのためなら、とやる気満々だ。

「もちろんです！　必要なら兄も貸し出しますから！」

「え？　俺、貸し出されるの？」

若干困惑《じゃっかんこんわく》するレナトゥスを無視して、エスターはイヴへ明るい笑顔《えがお》を向ける。純粋無垢《じゅんすいむく》なこの少女が、イヴにとって今日は随分《ずいぶん》と頼《たの》もしく見えた。

「とりあえず、今日のところはこれで終わりにしましょう。あまり光を見すぎると、目が痛みますからね」

ウィルケントの号令に、レナトゥス、エスター、イヴの三人はそれぞれ「はい」と返事をした。レナトゥスは光を消して、エスターは敷《し》き布を、イヴはプリズムを片付け、実験室を後にする。

そのあとは、待ってましたとばかりにレナトゥスがイヴの肩《かた》を叩《たた》く。

「よし、じゃ、訓練だな！」

「……まあ、いいですよ」

協力してもらった礼の意味も込めて、イヴはレナトゥスの剣術《けんじゅつ》の訓練に付き合うことにした。

それを見たエスターは兄に呆《あき》れて、大きなため息を吐《つ》いていたのを、イヴは見逃《みのが》さなかった。


結局、兄とイヴの剣術の訓練は昼まで続き、私も兄もプレヴォールアー家でお昼ご飯をご馳走《ちそう》になってしまいました。祖母は笑って、育ち盛りの子が三人もいるとたくさん食べすぎて食材がなくならないか心配、だなんて冗談《じょうだん》を言っていたので大丈夫《だいじょうぶ》だと思いますが、兄にはもう少し遠慮《えんりょ》というものを覚えてほしいところです。

兄はそのままプレヴォールアー家の居間のソファでうたた寝《ね》をしていたので、私はイヴに家まで送ってもらうことになりました。仮にも公爵令嬢《こうしゃくれいじょう》、一人で出歩くな、とイヴに怒《おこ》られてしまったためです。律儀《りちぎ》だなぁ、と思わなくはなかったのですが、せっかくなので厚意《こうい》に甘えることにしました。殿方《とのがた》に家まで送られる淑女《しゅくじょ》、というのは憧《あこが》れのようなもので――そういえば私はイヴと恋人《こいびと》だった、と思い出して、その憧れを実現できるのだとわくわくしています。

ただ、どうしてもそこに上る話題はあまり色気がありません。

「イヴ、真面目《まじめ》に付き合わなくていいのですよ。兄は気遣《きづか》いができないので」

冬だというのに汗《あせ》だくになるまで剣術の訓練に付き合わされたイヴは、明らかに疲《つか》れていました。着替《きが》えてご飯を食べてそれから私を送りに、というスケジュールでは、休む暇《ひま》もありません。

しかし、イヴは殊勝《しゅしょう》なことに、兄を否定することはしません。

「いや、俺も少しは運動しないと。部屋にこもってばかりじゃだめだ」

その言い分は正しいかもしれませんが、それなら別の方法があります。

私は、勇気を出して、それを言ってみました。

「じゃあ、私と街に行きましょう。街中を散策するだけでも、気分転換《てんかん》になりますよ」

初めて、私は家族以外の誰《だれ》かを、一緒にいようと誘《さそ》いました。すでにそれだけでもどきどきしますが、それ以上に――そう、これは、つまり、デートというものなのだ、ということです。今、私はちょっと顔がにやけているかもしれません。

イヴは目を丸くして、それから少し考えて、「分かった」とうつむいて答えました。悪い返事ではありません、私はすっかり嬉《うれ》しくなって、そのまま領都バルテルヌの街を散策することにしました。コートとマフラーを手に、私たちはてくてく歩いていきます。

領都バルテルヌは中心の市庁舎から放射状に四方八方へ幅《はば》の広い目抜《めぬ》き通りが伸《の》び、整備された街並みが特徴《とくちょう》です。これは数十年前に大きな地震《じしん》が来て、古い街並みはすべて壊《かい》滅《めつ》してしまったので、当時のド・モラクス公爵が一から都市計画を練って二十年を費《つい》やし作り上げたそうです。古い建物こそ残っていませんが、地震に耐《た》えられる頑丈《がんじょう》な建物、避《ひ》難《なん》に使える大きな道路、人々を速《すみ》やかに郊外《こうがい》へ移動させるための分かりやすい区画設計など、現代的で清潔な街は、他国からも機能美に溢《あふ》れる都市だと称賛《しょうさん》されるほどです。何よりも、王都より栄えたこの街は、地元の店も他国からの商人や旅人も、残らず活気に満《み》ち溢れています。

人混《ひとご》みではぐれないよう、私はイヴの服の袖《そで》を摑んでいました。きらびやかなモザイクアーケードのある百貨店を通りすぎ、路地裏の小さな商店街を歩きます。美味《おい》しそうな甘い匂《にお》いや、季節の花のかぐわしい香《かお》り、威勢《いせい》のいいかけ声、着飾《きかざ》っておしゃべりしながらウィンドウショッピングをする少女たち、少し気取った男性たちがカフェのオープンテラスで談笑《だんしょう》している姿。皆《みな》が一様に幸せとは限らないでしょうが、少なくとも人々が醸《かも》し出す楽しそうな空気が目に見えるかのようです。

イヴは、楽しいでしょうか。ちらっと横顔を覗《のぞ》き見ると、街のあちこちを眺《なが》めているようでした。物珍《ものめずら》しいのかもしれません、古い街並みと厳粛《げんしゅく》な雰囲気《ふんいき》のある王都とは違《ちが》って若い都市ですから、真新しい見たことのないものもあるでしょう。

よくよく考えてみれば、イヴがド・モラクス公爵《こうしゃく》領に引っ越《こ》してきてから、今まで領都バルテルヌを案内したことはなかった気がします。兄とは必需《ひつじゅ》品を買うために一緒に出歩いたことがあるようですが、兄はあの性格ですから、遊びに誘うことなんてないでしょう。さっさと用事を済ませて屋敷《やしき》に戻《もど》って訓練しよう、などと言ったに違いありません。空気を読んでほしいです。

何となく、前を進むイヴに声をかけづらいです。ひょっとすると、王都を懐《なつ》かしく思っているかもしれません。ここはイヴが生まれ育った場所とは違う街です、ホームシックになってはいないでしょうか。

私とイヴは、滑《すべ》り止めの彫《ほ》り込みがなされた石畳《いしだたみ》を、ゆっくり一歩ずつ進んでいきます。時々灰色の空を見上げ、立ち止まります。私はイヴの歩調に合わせています。ただ、何か話をしようとは思っても、何となく、なかなか言い出せませんでした。

そんな私たちの前、路地の先に一人の見覚えのある男性がいました。

長身で赤毛のハンサムなクエンドーニ人。兄の剣術の師匠《ししょう》、フィデス・ベルナルディの姿が見えたのです。

「まったく、あいつはどこに消えた」

そんなぼやきが聞こえてきたので、私はイヴを連れて、フィデスの前に向かいました。

「フィデス様。何かございましたか？」

フィデスのことは、イヴも知っています。フィデスはド・モラクス公爵家の客分ということで、またイヴは兄の剣術の訓練にしょっちゅう付き合わされているせいで、顔見知りなのです。

私に気付いたフィデスは、かすかに愛想笑《あいそわら》いを浮《う》かべて、親しみを込めて話しかけてきました。普段《ふだん》、フィデスは他人に対してぶっきらぼうで愛想を振《ふ》りまくということがないので、少しは私に気を許してくれているようです。

「ああ、エスターか。お前の兄が逃《に》げたんだが、どこに行ったか知らないか？」

「知っています。さっきプレヴォールアー家でのんびりしていました」

「助かる。あの馬鹿《ばか》、最近俺に勝とうと馬鹿なことばかりするから、そろそろ叱《しか》っておかないと」

「そうですね、ぜひお願いします。あの目眩《めくらま》しはやめさせてください」

「普通《ふつう》に目に悪いからな、あれ」

私はフィデスに兄を任せることにしました。売ったのではありません、兄はしかるべき人に指導してもらうことが筋です。

私はプレヴォールアー家に向かうフィデスに手を振って、見送りました。フィデスは兄の剣術指南役だったはずなのですが、あまりに兄の行動が子どもっぽいせいでその矯正《きょうせい》というか躾《しつけ》も父に頼まれてしまい、面倒《めんどう》をかけっぱなしです。私も兄に振り回されているので、フィデスは何かと私に同情してくれるのでした。

フィデスの姿が見えなくなったところで——イヴが、やっと私へ話しかけてきました。

「エスター」

「はい？」

どうやら、何か意を決して話しかけてきたようで、しかし勢い余ったのかそのまま黙《だま》ってしまいました。

私は、イヴが話しはじめるのを待ちます。イヴは、何度か口を開いては閉じ、言いたいことを飲み込んでいるようでした。

やっと口にした言葉は、控《ひか》えめです。

「……いや、何でもない。少し、歩こう」

私は頷《うなず》き、静かな路地裏を散歩することにしました。喧騒《けんそう》から離《はな》れ、イヴが話しやすい落ち着いた環境《かんきょう》がいいと思ったからです。ちょうど、ここから少し離れたところに、美味しいケーキの食べられるカフェがあります。そこへの道を、今度は私が先導していくことにしました。

人通りは少ないですが、地元の人々の話し声がたまに聞こえてきます。窓を開けた住宅の中からの声も、昼食後にいち段落して家族で会話を楽しんでいるのでしょう。ド・モラクス公爵領の方言が強く、イヴにはちょっと聞き取りづらいかもしれないな、などと思っていると、イヴが重々しく口を開きました。

「思えば、恋人《こいびと》らしいことをしていないだろう。だが、何をすればいいのか」

恋人《マシエリ》。

確かに、私とイヴは恋人ですね。

はて、と私は考えます。私とイヴは王侯《おうこう》貴族です。結婚《けっこん》は義務、家を守ることは名誉《めいよ》です。

そんな家に縛《しば》られた人々が、一般《いっぱん》的に言うところの恋などできるか、と言われれば、ほぼ無理です。ないわけではありません、しかし珍《めずら》しいからこそ皆は羨《うらや》み、ロマンス小説として成り立ちます。

そして私は、恋と言われればそのロマンス小説の知識しかありません。仕方がないのです、恋などしたことがないのですから。

恋人らしいこと。うーん。ひょっとして、イヴは気付いていないのでしょうか。ちょっと聞いてみましょう。

「今、これは恋人らしいことではないのでしょうか？　私、デートだと思っているのですが」

「デート⁉」

イヴは素《す》っ頓狂《とんきょう》な声を上げました。え？　だって、殿方《とのがた》と一緒《いっしょ》に街を歩く、というのはデートではないのでしょうか。恋人同士がやることで、必ずロマンス小説にはそういったシーンがありますよ？

そうだ、街を歩くだけではデートとして不足かもしれません。それならば、他《ほか》のこともしましょう。私は提案します。

「そうですね、あとは食べ歩きなどいかがでしょう？　それとも、このままカフェに行ってくつろぎますか？」

「だ、だが、もっとこう……何というか、イメージが」

しどろもどろのイヴは、何を言えばいいか、と困っています。

困らせるつもりはなかったので、私はさらに別の提案をしてみます。

「では、私の部屋で遊びますか？」

これには、イヴははっきりと拒否《きょひ》の姿勢を示しました。

「だめだ！　淑女《しゅくじょ》が男を部屋に連れ込むんじゃない！」

「でも、恋人ですし」

「それでもだ！　お前はもう！　そういうことを平気で言うんじゃない！」

イヴ、意外と貞操《ていそう》観念がしっかりしています。私よりずっとお堅《かた》いです。イヴのそんな一面を初めて知ってしまったので、私は新鮮《しんせん》な気持ちです。あと、身近な殿方が——兄なので、私はちょっと違和感《いわかん》があります。

「でも、兄などノックもせずに入ってきて、用事があるからと私を引きずっていくのですよ。まだ小さいころのままだと思っているのです、きっと」

「お前の兄は例外だ。しょうがない」

ですよね。そういうことになると思っていました。

しかし、だとすれば、デートらしくなるためには、何をしたらいいのでしょう。

私とイヴは足を止めて、二人して悩《なや》みます。空を見て、石畳を見て、住宅を見て、何かヒントがないかと考えます。

悩んで、悩んで、それからふと、私は思い立ちました。

私はイヴへ、右手を差し出します。

「手を、繫《つな》ぎませんか？」

同じく悩んでいたイヴは、もうそれ以上悩むのをやめ、おそるおそる、私の右手を左手でそっと握《にぎ》りました。

どうやら、これはイヴの恋人としての許容範囲《はんい》のようです。でも、イヴの顔はほんのり赤らんでいました。

「これは恋人らしいですね」

「だと思う。恥《は》ずかしいが」

正直ですね、イヴ。私たちは手を繋いで、カフェへの道のりを歩き出します。

ぽつりと、イヴは私を見ずに、こんなことをつぶやきました。

「もっと、俺が大人になって、お前よりも背が高くなったら、少しは恋人らしく見えるかな」

私はきょとん、としてイヴを見つめます。そういえば、私とイヴはほぼ同じ身長です。十五歳の私と、十三歳のイヴですから、きっとイヴはこれからもっと背が伸《の》びるでしょう。そんなこと、気にしなくていいのに。心配しなくたって、私たちは大人になります。それに――大人じゃなければ、恋人同士になれないなんて決まりはありません。

「私にとっては、イヴはもう大事な恋人ですよ」

そう言ったって、イヴは納得《なっとく》しないかもしれません。でも、これが私の素直《すなお》な本心です。きっかけはうっかり恋人になってしまった、というものだったのですが、好意があったのは間違《まちが》いありませんし、今となっては私はイヴにちゃんと惹《ひ》かれていますから。

一生懸命《いっしょうけんめい》努力して、他人に誠実で、自分の頭脳を驕《おご》らず、私を大切にしてくれる。そんな殿方に惹かれないなんて、ありえません。

イヴは肯定《こうてい》するように、手を握り返してくれました。それで十分です、言葉にすればいいというものではありません。恥ずかしがりやのイヴとは、ちょっとずつ距離《きょり》を縮めればいいのです。

少し、風《ふ》が吹いてきました。暖かい土地とはいえ、冬の寒風は身を震《ふる》わせるには十分です。

イヴは私を気遣《きづか》ってくれました。

「寒くなってきたな。大丈夫《だいじょうぶ》か？」

「ええ。あ、そうだ。いいことを思いつきました」

「いいこと？」

「さっき、赤い光の向こうは見えない光だけど暖かい、という話でしたので」

私はイヴの肩《かた》に左手をかざし、赤より向こうの、暖かい光をイメージして、服へと光魔《ま》法《ほう》を使いました。手のひらから、ほんのり橙色《だいだいいろ》の光が発せられます。それがイヴの服を包み、すうっと消えていきました。どんなふうになるのでしょう、じんわりぽかぽかあったかいといいのですが。

ところが、イヴは襟《えり》を開き、手で顔を扇《あお》ぎはじめました。

「暑いんだが」

「待ってください、調節します」

暑かったようです。私は慌《あわ》てて、もっと弱めに魔法の出力を調節します。やってしまいました、よくあるとはいえ失敗です。

しかしイヴは怒《おこ》ることもなく、興味深そうに試行錯誤《さくご》を提案してくれます。

「手袋《てぶくろ》くらいがちょうどいいんじゃないか？　服だと暑すぎる」

「そうみたいですね。マフラーとか、靴下《くつした》でもいいかもしれません」

そういえば、手足が温かいと全身が温かく感じると聞いたことがあります。なるほど、手袋か靴下ですね。今度、もっと寒くなったときにイヴの手袋へこの魔法をかけましょう。そのためには練習しなくては、私は意気込みます。

「今思ったんだが、それは光魔法じゃなくて炎魔法《ほのおまほう》の範囲に近いな。でも、あちらは必ず炎が出る必要があるから、この便利さはやはり光魔法だけの特権なのかもしれないな」

便利《プラティク》！

私は気付きます。私の光魔法で、便利だと言ってもらえたのは、初めてかもしれません。屋敷《やしき》ではいつも母が大規模な光魔法や人々の目を楽しませる繊細《せんさい》な光魔法を使っていますし、兄も実はそういうことができます。はっきり言って、天才と言っていいでしょう。だから、私に光魔法を使ってほしい、とわざわざお願いしてくる人はいません。私は母と兄の二人には光魔法の腕《うで》が劣《おと》るのですから、皆《みな》私を気遣って余計に言ってこないのです。

それが、便利。私は、『便利』と言ってもらえる光魔法が使える、それが嬉《うれ》しくてたまりません。

「だとしたら、嬉しいです。私、母や兄ほど光魔法が強くも上手《うま》くも使えませんし、せめて人の役に立つことができるなら」

胸に込み上げてくる高揚感《こうようかん》と鼓動《こどう》の高鳴り、これはそう、やはりイヴは私の恋人なのです。イヴに褒《ほ》められたから、こんなに嬉しいのです。他の誰《だれ》にもイヴの真似《まね》はできません。

ただ、イヴはなぜか首を横に振《ふ》りました。

「だめだ」

「え？」

「お前が役に立つなどと周囲に思われてみろ。またテネブラエのような輩《やから》を捕《つか》まえるのに使われてしまうだろう。危ないことはするな、いいな？」

あ、なるほど。そうですね、またあんなことがあっては大変です。

私は頷《うなず》き、イヴが真剣《しんけん》に心配してくれていることにも、また嬉しくなりました。今日はたくさん嬉しいことがあって、私は幸せです。思わず愉快《ゆかい》なダンスステップを踏《ふ》みたくなります。いけないいけない、往来ではしゃぐなんて淑女失格です。我慢《がまん》します。

まあ、通りの向こうから紳士《しんし》失格な兄の大声が聞こえてきたのですが。

「エスタああああ！　バラしたなああああ！」

私とイヴは驚《おどろ》き、つい近くの家の壁《かべ》の隙間《すきま》に隠《かく》れました。大声を出してみっともない兄に憤慨《ふんがい》していたのですが――気付きました。

イヴの顔が、すぐ目の前にあったのです。肩は触《ふ》れ合っていますし、こんな狭《せま》いところ

で二人っきり――あまりムードはありませんが――はよくないです、ええ、よくないです。

だめです、恋人《こいびと》同士でも、そういうことはもっとちゃんと、ほら、部屋とかで。

そうは思うのですが、私から目を逸《そ》らすイヴが、どうにも可愛《かわい》らしくて、愛《いと》しくて、今にも抱《だ》きつきたい気持ちが湧《わ》いてきている、そんな気がしました。

いいえ、だめです。そんなはしたない真似はしてはいけません。

ただ、もう少しここにいてもいいかな、と思いはしました。

兄の声が聞こえなくなるまで、私とイヴは壁の隙間にしばし挟《はさ》まっていました。

イヴが先に隙間から出て、周囲を見回し、安全を確認《かくにん》してから私を手招きしました。もう兄の気配はありません、安心です。しかし、安心したらそれはそれで、憤慨の気持ちも復活してきました。これ以上、兄の馬鹿《ばか》騒《さわ》ぎに付き合いたくない、と。

「私、他人の悪口はいけないと思いますが、兄は他人ではないので言いますね。うちの兄は馬鹿《ばか》です」

「……うん、まあ、うん」

イヴは私を否定もたしなめもしませんでした。そうでしょうね、ええ。

イヴがプレヴォールアー家の屋敷に帰ってきたのは、夕方に差し掛《か》かるころだった。エスターとバルテルヌの街を散策し、そのエスターをド・モラクス公爵邸《こうしやくてい》に送り届けて、今度は自分一人で街を少しだけ覗《のぞ》いてから帰ってきたのだ。いつか、エスターにちゃんとデートの申し込みができたとき、エスターと一緒《いつしよ》に行きたいところを探しておかなくてはならない。淑女《しゆくじよ》をエスコートするのは紳士の役目だ、イヴは堅苦《かたくる》しくそう考えていた。

ひとしきりプレヴォールアー家の人々に帰ってきた挨拶《あいさつ》をしてから、イヴは二階へ上がる。実験室に顔を出すと、ウィルケントが椅子《いす》に座って本を読んでいた。真新しい、大きな革張《かわば》りの表紙の本で、四隅《よすみ》に金の留め具が付いている。シャルトナー王国の権威《けんい》あるアカデミーが毎年出版する論文集だ、このあいだ届いたばかりで、すでにイヴも目を通した。だが、半分も理解できず、最終的には降参してウィルケントに説明してもらわなくてはならない有様で、苦い経験をした。

憎々《にくにく》しい論文集を睨《にら》むイヴの気配を察して、ウィルケントは本から顔を上げた。

「帰ってきましたか、イヴ」

笑顔《えがお》の一つも作らない――もう性格は分かりきっているのでしなくてもいいのだが――ウィルケントへ、イヴは自分のいない間に起きたことはないか確認する。確認しなければ、ウィルケントは素《す》で「伝える必要がないかと思いました」などと悪気なく言うので、いちいちイヴから進んで話を聞き出さなくてはならないのだ。

「何かあったか？」

「少しばかり疑問が生じたので、明日《あした》はド・モラクス公爵《こうしやく》夫人へ話を伺《うかが》いにいこうと思いまして」

「なら俺も行く」

「ええ、どうぞ。ひょっとすると、とんでもない発見になるかもしれませんので、後学のために聞いておいたほうがいいでしょう」

こういうところは意外と面倒見《めんどうみ》がいいのだが、とイヴはため息を吐《つ》いた。ウィルケントは気にもしない。

その面倒見のよさに甘えて、というよりも他《ほか》に聞ける人間がいないこともあって、イヴは抱《かか》えている疑問をぶつけてみることにした。

「なあウィルケント、デートって何をするものなんだ？」

「私にそれを聞きますか」

「確か、婚約者《こんやく》がいるんだろう？」

「いますが、シャルトナー王国に放《ほ》ったらかしですよ。王城を辞《や》めたことも伝えていません」

「いいのか、それで」

「嫌《いや》なら婚約解消するでしょう。身を立てるまで待っていると言ったのはあちらですから」

ぱたん、と論文集を閉じ、ウィルケントは次の作業に取り掛かる。思いついたことをノートに書き留める作業だ。残念ながらそのノートを他人が見ても、ほとんど読めない文字とまったく理解できない文章と計算式に埋《う》め尽《つ》くされている。教えを授《さず》けられているイヴでさえ、最近三割ほど分かるようになってきたくらいだ。

ウィルケントは、作業中に話しかけても問題なく会話ができる、器用な性分《しょうぶん》だ。どうも頭の作りが常人とは違《ちが》うらしく、数人と会話しながら計算して本を読んで、などと当たり前のようにこなしてしまう。イヴも天才肌《はだ》だと言われるが、ウィルケントという本物の天才を前にして、そんな世辞を真に受けられはしなかった。

イヴは、ウィルケントの婚約者へのあっさりとした態度に戸惑《とまど》いつつも、こう質問する。

「だが、お前だって婚約者が他の男と話していたら、嫌だろう？」

それは先ほどイヴが――エスターと会話するフィデスを見て、何となく嫌な気持ちになったことが、自分だけではないのだと思いたくての質問だ。

嫉妬《しっと》、というのは見苦しい。だが、イヴはどうしても恋人であるエスターを深く思っているだけに、そういう気持ちを覚えてしまう。それは頭では分かっている、自重しなければならないということもだ。しかし、気持ちの問題というのは、そう簡単に解決しない。

ただ、聞いた相手が悪かった。ウィルケントは特に表情も変えず、疑問を返してきたからだ。

「イヴはそう思うのですか？」

「ち、違う！　ただちょっと、いやそう、一般論《いっぱん》として聞いただけだ！」

あたふたとイヴは取り繕《つくろ》おうとする。そう——嫉妬してのことと——思っている、と思われたくない。

藪蛇《やぶへび》だったかもしれない。イヴは無理にでも話を打ち切ろうとしたが、ウィルケントが喋《しゃべ》りはじめたのを止められなかった。

「焦《あせ》らなくても、いつか必ずあなたはエスター様に求婚《きゅうこん》できますよ。その確証がないから、不安なのでしょう？」

他人に興味がないように見せかけて、ウィルケントはしっかり的を射たことを言ってきた。イヴの頭の中でまとまらなかった気持ちの正体を、あっさり見抜《みぬ》かれた形だ。

嫉妬は、単にイヴがエスターとの恋人関係を失うのではないか、という不安から生まれたものだ。嫉妬をしないように、なんて考えてもしょうがない。その原因はもっと深いところにあるのだから。それをいとも容易《たやす》くウィルケントが見抜くとは、イヴは思ってもみなかった。

イヴはこう認識した。そうか、自分は不安なのだ。王城から離《はな》れ、王子としての立場もいずれ失い、自分の力で身を立てなければならない。それは確実な未来ではない、エスターとも婚約までしているわけではないのだ。自分次第《しだい》で、よくも悪くも未来は転がる。

ならば、どうすればいいか、その先までウィルケントはお節介《せっかい》にも考えているようだった。

「いずれ、イヴはサロンを開くといいでしょう。各国の学者たちを集め、ド・モラクス公爵をパトロンとして科学技術の発展を目的とする団体を作るのです。一人ではどんな研究も進みません、共通の目的を持つライバルと切磋琢磨《せっさたくま》し、ときに気付きを得て進む。そうすれば、エスター様との結婚《けっこん》も早くできますすよ」

それはぐうの音も出ない正論だった。ウィルケントはイヴが将来のためにそうすべきだ、と分かりきっているのだ。イヴは真正面から認めたくなくて、憎《にく》まれ口を叩《たた》く。

「そのために晩餐会《ばんさんかい》に出ろ、と言うんだろう」

「上流階級のコネクションを作ることは、サロン作りに有効ですからね」

イヴはため息を飲み込み、頷《うなず》くしかない。

「でも、そうだな。早くしないと、エスターが他の男と婚約するかもしれない。あまり待たせたくはない」

エスターが他の男に惹《ひ》かれない、という保証はない。イヴよりも魅力《みりょく》的で運命的な相手との出会いを果たさない、などと誰《だれ》も言えないのだ。それに、約束したからには少しでも早く、エスターと結ばれたい。

そんなイヴの心を見透《みす》かしているのかもしれない、まだ何も言っていないウィルケントを疑って、イヴは先手を取る。

「動機が不純だと言いたそうだな」

「そんなことはありませんよ。動機なんて、何でもいいのです」

「そう、なのか？」

「先の偉大《いだい》な学者たちも、誰も人類や国家のためになんて高尚《こうしょう》なことを本気で思って研究に尽くしたわけではありません。己《おのれ》のために、好奇心《こうきしん》や知識欲《ちしきよく》やあるいは名誉欲《めいよよく》のために頭を使ったのです。それに比べれば、まだ他人のためを思ってスタートするイヴのほうがマシな動機でしょう」

身も蓋《ふた》もない言い分だが、ウィルケントの意見はイヴにも頷けないことはない。人間、そうそう誰かのためにと動けはしない。ましてやそれが国、知らない人々や主義主張のためになんてどう考えたって建前だ。生まれて十三年間、一の大国リュクレース王国の王城で王侯《おうこう》貴族に囲まれて暮らしてきたイヴには、それがよく分かる。元婚約者だって、自分のことは海よりも深く愛しても、イヴのことはかけらも思っていなかったのだから。

あんなやつらとは違う。それだけ分かれば、十分だ。自分の選んだこの道は間違《まちが》っていないその証拠《しょうこ》になる。

イヴは、納得《なっとく》した。

「分かった、頑張《がんば》る」

「そうしてください。明日は早いですから、夜更《よふ》かしはしないように」

「子どもじゃないんだ、さっさと寝《ね》るさ」

階下から夕食よ、とエスターたちの祖母が声をかけてきた。

イヴとウィルケントは明日のことを話しつつ、実験室をあとにする。


翌日朝、イヴとウィルケントはド・モラクス公爵邸《こうしゃくてい》へ向かった。ド・モラクス公爵夫人オーレリアは、朝食後に二人と話す時間を作ってくれたのだ。ただ、そこにはエスターも何食わぬ顔で同席しており、よく育った観葉植物に囲まれた応接間で四人は対面することになった。

エスターと同じブラウンの髪《かみ》と目の色をしたド・モラクス公爵夫人は、娘《むすめ》とよく似て人懐《ひとなつ》こい少女の面影《おもかげ》を残した中年の女性だった。特筆するほど美人ではないが、上品な雰囲気《ふんいき》や柔《やわ》らかい笑顔《えがお》は、見る人を決して不快にさせない。外出のできない夫のド・モラクス公爵に代わり、公爵領の外交的な執務《しつむ》を一部肩代《かたが》わりしているため必然的にそう磨《みが》かれたのだ、と彼女は語る。

とはいえ、ド・モラクス公爵夫人といえばリュクレース王国王城の照明を灯《とも》していたほどの光魔法《まほう》の使い手だ。とある事件で王城から追放され、ド・モラクス公爵家にやってきて雇い主であった現当主のモルガンと結婚した。幻想《げんそう》的な光魔法の使い手と儚《はかな》くも立派に生きる公爵の恋物語《こいものがたり》は運命的だ、と夢見る乙女《おとめ》たちにはとても好意的に受け入れられている。当の本人は恥《は》ずかしそうにしているし、以前会ったド・モラクス公爵は今も妻を大事にしていた。いつまでも幸せに暮らしました、というおとぎ話の締《し》めの文句は嘘《うそ》ではないのだ、と思わせてくれる夫婦《ふうふ》だ。

と、そこまではイヴがド・モラクス公爵夫人と社交辞令的に話して場を温めた結果、得られた話でもある。ウィルケントに話させると気遣《きづか》いもなく短い挨拶《あいさつ》の直後に本題へ入ってしまうから、イヴが緩衝材《かんしょうざい》となったのだ。

そして、やっとイヴはウィルケントへバトンを渡《わた》す。ウィルケントはさっそく、と珍《めずら》しく身を乗り出し、ド・モラクス公爵夫人へ問いかける。

「以前お聞きした、公爵夫人が光を吸収、反射する魔法を開発したという話を、もっと詳《しょう》細《さい》にお聞かせ願えませんか?」

ん? とイヴは聞き耳を立てた。そんな話は聞いたことがない。それはエスターも同じだったらしく、イヴと目を合わせ、聞いていない、とばかりの困り顔をしていた。

そんな中でも、ド・モラクス公爵夫人は笑顔を絶やさない。

「かまいませんわ。あれは夫を短時間でもいいので太陽の下に出すため、十五年ほど前に編み出した魔法です。『周囲の光を取り込んで外部へ向けて光る』性質を付与《ふよ》する、というものです。最初は私自身も仕組みがよく把握《はあく》できず、夫を日焼けで火傷《やけど》させたこともありましたが、今は一時間程度であればほぼ問題ないほどになりました」

それは万一のときに、日中に夫を外へ避難《ひなん》させるための緊急《きんきゅう》的手段でもあったので、とド・モラクス公爵夫人は付け足す。夫のためとはいえ、そんな危機管理の視点から実用性を極《きわ》めたことまで考えていたド・モラクス公爵夫人はただの貴族の女性、というわけではなさそうだ。イヴはド・モラクス公爵夫人を見る目を変えなければならない、と感心する。

一方で、ウィルケントはその特殊《とくしゅ》な光魔法の仕組みにしか興味がないようだった。

「『周囲の光を取り込んで外部へ向けて光る』性質を付与……ですか」

「はい。最初は鏡のイメージでしたが、それだとどうしても光が当たった箇所《かしょ》が眩《まぶ》しくて、不自然です。なので、一旦《いったん》吸収して、それから弱まった光を放出する形にすればいいと思い、少し複雑な仕組みに」

ド・モラクス公爵夫人の説明だけを聞けば、なるほどそういうことか、と多くの人は納得するだろう。それは光魔法という不可思議な領域の話が重なっているから、すべてを解明する必要がないと思ってしまうこともある。しかし、科学者は違《ちが》う。

光というものの性質を何千年と研究してきた学問の世界の常識では、その話はおかしいのだ、ということになる。反射という光の性質だけなら問題なかった、しかし吸収、つまり吸光となると話が違う。光は物質に当たると、透過《とうか》光、反射光、そして物質に吸収される光に分割《ぶんかつ》される。とはいえ、吸収される光の量はわずかで、厳密に光を大量に吸収できる物質は現状存在しないし、外部へ向けて光る性質というのは、おそらく反射光のことではなく、吸収された光を放出する、という話だ。さらに大量に吸収した光を弱めて自然光程度にした上で、という条件さえ付いている。物質ごとにほぼ決まっている光を吸収する量を大きく変化させ、放出まで制御《せいぎょ》する、そんな操作がいくら不可思議な魔法であってもできるものなのか。

それらの作用の操作は、科学技術の分野では数百年後に人工の『フォトニック結晶《けっしょう》』というもので達成されるのだが――現在のイヴ、ウィルケントですら、まだ想像の域を超《こ》えないと思わざるをえない。それほどに、ド・モラクス公爵夫人は科学者の理解の範囲《はんい》を逸《いっ》脱《だっ》した光魔法を開発していた。

ウィルケントが確認《かくにん》のため、ド・モラクス公爵夫人へ問い返す。

「それは、物質、もしくは光自体を操作するということですか?」

「そうですね……昔、書物で読んだことがあるのですが、この世のあらゆる物質はとても小さな、目に見えない粒子《りゅうし》でできているのだとか。では、空気中も人も服も力素《マナ》も粒子でできていて、光もそうなのではないか、と思ったのです。降り注ぐ光すべてに粒子がある、なら光魔法ではそれを通じて光の性質に関するものの精密な制御ができるのではないか、光魔法というのは力素《マナ》を通じて働きかけをして、光や物質の粒子を変化させているのではないか、と思って、やってみたのです」

確かに、物質が原子で構成されているという原子論は古代から提唱されているもので、ド・モラクス公爵夫人が知っていてもおかしなことではない。さまざまな物質が原子でできていて、それらに力素《マナ》を含《ふく》む光を通じて性質を付与する、それもまあ突拍子《とっぴょうし》もないが一応光魔法の範疇《はんちゅう》だろう――しかしそれに着想を得て――電磁波、つまり波であるはずの光を、粒子として捉《とら》えて成功している、という事実は、今のイヴには衝撃《しょうげき》だった。

光は波なのか、粒子なのか。長年、科学者の間で論争が続けられてきたテーマだ。波であるという主張が有力視されているが、確定するには不明な点が多く残り、未《いま》だに結論は出ていない。それをあっさりと魔法で光の粒子を変化、などと言われてしまえば、現象や法則、化学式を根拠《こんきょ》に論じている科学者たちは立場がない。

さらにはド・モラクス公爵夫人の隣《となり》で聞いていたエスターは、それを再現してしまった。

「こんな感じ？」

エスターは両手のひらを上にして、そこに七色に流動的に光が舞《ま》う球体を作り出していた。まるで光をさまざまな色に映し出す宝石オパールのような表面に、イヴもウィルケントも目を見張る。

力素《マナ》を含む光を通じて物質の性質を変化させる、それだけを聞いてエスターは応用した形で再現したのだ。光の屈折《くっせつ》率を変え、発せられる光をミクロの単位で制御し、球体の周囲が多少暗くあるのは吸光の性質さえも変化させたのだろう。

ド・モラクス公爵夫人はぱちぱちと手を叩《たた》いて、エスターを褒《ほ》める。

「あら、上手《うま》いわね、エスター。そうそう」

「これをもっと小さく、粒子が目に見えないくらいにすればいいんだよね。なら、私もできるかも」

ド・モラクス公爵夫人とエスターの親子は、きゃっきゃと無邪気《むじゃき》にはしゃいでいる。その球体の意味をまるで知らない二人は、上手に光魔法が使えたとしか思っていないだろう。

ド・モラクス公爵夫人があら失礼、とイヴとウィルケントに向き直る。

「ご参考になりましたかしら」

「ええ、とても。たくさんの疑問と理解のきっかけを得られてよかったです」

ウィルケントは冷静に、おそらく正直な感想を述べていた。たくさんどころではない、とイヴは心の中でぼやく。

それを知らないエスターは、昨日得た知識を披露《ひろう》していた。

「でも、お母様、昨日イヴとウィルケント様から聞いたわ、紫外《しがい》線という種類の目に見えない光が悪さをするそうよ。それだけを防げれば、もっと光魔法の効果を上げられると思うの」

「あらあら、そんなことまで分かるなんて、科学ってすごいわねぇ」

「でしょ？　これからイヴはたくさん発見して、たくさん教えてくれるわ」

エスターは、まるで自分のことのように鼻高々だ。

話が弾《はず》む親子の前で、イヴとウィルケントは声をひそめて会話する。

「イヴ、これはひょっとすると大発見かもしれませんよ」

「そうだな。粒子の話だけでも俺は驚《おどろ》いているが」

「少なくとも、既存《きそん》の研究では説明がつかないことを、説明できるようになるかもしれない考え方です」

「そこまでか」

さすがに今のイヴでは、そこまでの発想はできていない。だが、優秀《ゆうしゅう》な科学者であるウィルケントがそこまで言うほどだ、本当にそれだけの価値があったのだろう。

「ですので、この分野の研究はイヴ、あなたに任せます。もちろん手伝いますが、他《ほか》の分野からのアプローチもしなくてはいけませんから、私は忙《いそが》しくなりそうなので」

ぽんと任せるような話ではないが、任されてしまったからにはしょうがない。イヴはその気持ちを受け取る。

「分かった、そうする」

「エスター様とお会いする理由にもなるでしょうし」

「余計なお世話だ」

イヴは肘《ひじ》でウィルケントの脇腹《わきばら》を小突《こづ》いた。ウィルケントはまったく動じず、ド・モラクス公爵《こうしゃく》夫人とエスターの会話に割って入っていた。

一時間ほどの歓談《かんだん》のあと、別件でウィルケントがド・モラクス公爵と何やら話すことがある、ということで一旦別れ、イヴはエスターと公爵邸《こうしゃくてい》の庭でのんびり過ごしていた。ついでに昼食をいただく、という話にもなったので、それまでの間、時間潰《じかんつぶ》しだ。

話し合いで疲《つか》れて、ベンチに座って背伸《せの》びをするイヴを、エスターは隣で愉快《ゆかい》そうに見ていた。エスターは少し自己評価が低いところがあるが、それ以外は公爵令嬢《れいじょう》の名に恥《は》じぬ礼儀正《れいぎただ》しく無邪気な少女だ。イヴの贔屓目《ひいきめ》を除いても、母譲《ゆず》りの可愛《かわい》らしい顔立ちと父譲りの美しさが同居している、将来きっと出会う男の誰《だれ》もが放《ほう》っておかなくなるような淑女《しゅくじょ》となるに違いない。それは双子《ふたご》の兄のレナトゥスも同じで美形なのだが、彼の場合は別の要因で誰もが遠ざかるだろう。

イヴはエスターへ、先ほどの話の続きがてら、問いかける。

「エスター、光魔法《まほう》について専門的に学んだことはあるか？」

「いえ、母から何となく感覚で教わっただけです。本も読みましたが、難しくてあまり理解できませんでした」

「そうか。光魔法は使い手自体が希少なせいで、研究も進んでいない。あくまで他の魔法と共通する部分しか学べることはないと思うぞ」

「じゃあ、上手くなるには自分で何とかするしかない、ということですね……せめて出力を上げる方法が分かればいいのに」

「それは兄のレナトゥスに任せて、お前は繊細《せんさい》な操作ができるようになればいい。公爵夫人だって、最初から何でもできたわけじゃないだろう？」

「それはそうですが、でも光魔法って光らせてこそですから、派手に光っていないとみんな感心してくれなくて」

「……まあ、うん、そうかもしれないな」

光魔法、と言われれば、見て分かるほどに光らなければ魔法を使っているかどうかも認識されず、人間はつい目に見えることがすべてとばかりに錯覚《さっかく》してしまう。エスターの本領は光の強さではなく、多彩《たさい》な光の制御にあるのだが、それは何も知らない余人からすれば分かりづらいのは当然だ。

そこがエスターの自己評価の低さに繋《つな》がっているのだが、どうしてやればいいのか。イヴは少し考えてみる。エスターにしかできない方法で、すごい光魔法を使っている、というふうに見られるためには、どんな種類の光魔法を使えばいいのか。

イヴは目の前の花壇《かだん》にある冬薔薇《ばら》の葉に目を凝《こ》らした。ちらっと、光った気がしたからだ。よく見ればそこには朝露《あさつゆ》の残りがあり、太陽の光を受けてわずかに反射したようだ。

水は光にとっては、レンズとなる。もちろん一粒《ひとつぶ》の水滴《すいてき》くらいではどうともならないが、ガラス容器に入れた水を通せばものは大きく見えるレンズとなり、光の焦点《しょうてん》を合わせれば紙を焼くほどになる。代表的なのは、金魚鉢《きんぎょばち》だろうか。窓辺に置いた金魚鉢から太陽光が収斂《しゅうれん》されて近くの家具が燃える、という事故はよくある。

つまりは、レンズによって光がまとめられて強くなる、ということなのだが——これは、使えるのではないか。イヴは少しばかり頭を働かせた。

「一つ思いついたんだが」

「え、何でしょう！」

エスターが興味津々《きょうみしんしん》でイヴに顔を近づける。

イヴは思いついたことを、できるだけ詳細《しょうさい》にエスターへ伝えた。何のことはない、ごく簡単なことではあるが、実際に光魔法として使うにはイメージしたり仕組みを組み立てたり、という工程が必要だから、情報はあればあるほどいい。

話し終えたイヴは、悪戯《いたずら》っぽく笑う。

「雨の日に実験しよう」

「実験ですね！　楽しみです！」

エスターははしゃぎ、イヴの両手を取って軽く上下に振《ふ》る。

普段《ふだん》なら恥ずかしがるイヴも、まあ今日くらいなら、とされるがままだった。

数日後、雨が降りました。冬にはなかなかないにわか雨のようなもので、南の空が明るいです。すぐに上がるでしょう。

私にとっては、待ちに待った雨の日です。プレヴォールアー家の屋敷《やしき》の居間から外へ、くつろいでいた兄とイヴを連れて急いで出ます。幸いにも風がないので寒くはなく、コートはいりません。イヴはレインコートを三人分用意し、兄にも被《かぶ》せます。私はやる気満々です、成功すれば私が弱い光魔法しか使えないと思っている人々をあっと言わせることができるかもしれません。

そのために、兄には実験台になってもらいます。私は本気です、イヴも止めませんから大丈夫《だいじょうぶ》です。

何も知らず不思議そうな兄が、私とイヴから少し離《はな》れた位置で腕《うで》を組み、首を傾《かし》げていました。

「イヴ、これってどういうことなんだ？」

ぽたぽたと雨音はゆっくり、私たちのレインコートに当たっています。これ以上、雨脚《あまあし》が強くなることはなさそうです。なら、今ですね。私はイヴに目配せをします。

「イヴ、できます！」

「エスター、教えたとおりにやるんだぞ」

「はい！」

私は、イヴから教わった『光魔法を強化する方法』を何度か反芻《はんすう》して、自分を鼓舞《こぶ》します。できるできる、私はやればできるのだ。母も兄も——超《こ》えられないかもしれないけど——負けないくらいのことはできるのだと、証明するのです。

私はかつてないほど燃えています。意気込んでいます。今日こそ兄を負かすのだ、びっくりさせるのだ、やれるやれる《ジュフィアリヴェ》！

それはそうと、イヴはちゃんと兄に一応の説明はします。

「レナトゥス、光魔法の応用をエスターと考えたので、受けてみてください」

「えっ、そんなにヤバげ？」

「万一のときに防御《ぼうぎょ》できる人間じゃないと危ないので」

「そんなに⁉」

兄は動揺《どうよう》していますが、それなら防げるだろう、という自信も見え隠《かく》れしています。ちょっと腹が立ちますね。でも大丈夫、やってやりますとも。

イヴが十分に私と兄から離れていることを確認《かくにん》してから、私は手のひらを天へ掲《かか》げます。

「行きます！　えい！」

私が出せる最大出力の光を直上に出現させます。それと同時並行して、私は空気中に浮《う》かんでいる雨粒《あまつぶ》を一つ残らず光を当てて把握《はあく》してやります。これはあくまで感覚的なものなので、実際にはすべてではないと思いますが、それでも私の周囲、目に見える範囲《はんい》はほぼ覆《おお》っているでしょう。その光の当たった雨粒へ、私は『屈折《くっせつ》する角度を任意に変えられる性質を付与《ふよ》』するのです。

光が曲がる角度を私の真正面へ向け、高さも位置も異なる雨粒それぞれの角度を変えて、収束させせました。

「うおおお⁉　眩《まぶ》しっ！」

それはまるで、光の奔流《ほんりゅう》がまっすぐ襲《おそ》いかかるように、兄へと叩《たた》きつけられます。薄暗《うすぐら》い雨天は朝日が差し込んだように明るくなりました。兄は腕で両目を隠し、おそらく光魔法も発動させて自分に当たる光を減衰《げんすい》させていることでしょう。

それでも、次々襲いかかる光を防御しつづけることは、容易《たやす》いことではありません。ましてや兄は集中力に欠けます、長くは保《も》たないでしょう。まあ、そこまでしなくてもいいので、私は気が済んで、光魔法を止めます。

光が消え、さあっと暗くなりました。雨粒は元どおりに、何事もなかったように光を失い、地面へ落ちていきます。

できた。私は、すごい光魔法を使えた。

りました。

私はイヴを見ます。イヴはよし、と頷《うなず》きました。これは成功です。私は喜んで飛び上がります。

「できた!」

「待て待て! 今の何だ!?」

兄は目を擦《こす》りながら、騒《さわ》いでいます。イヴが種明かしをしました。

「雨粒をレンズにして、光を照射しました。もっと焦点を当てることができれば、目眩《めくらま》しどころか服も皮膚《ひふ》も焦《こ》がせます」

そういうことです。雨の日は、いくらでもレンズとなる水が空から降ってきます。屋外ならレンズに困ることはありません、しかもたくさんあるのですから、どんな角度でも光を収束させて当てることができます。今日は実験なので目眩し程度ですが、そのうち炎魔《ほのおま》法《ほう》のようにものを燃やすこともできるようになるでしょう。

「それ、的は俺じゃなくてもよかったんじゃないか?」

「受けてみてどう? どんな感じだった?」

兄の指摘《してき》はもっともかもしれませんが、それを深くは考えさせないよう、私はちょっと被せ気味に質問してみました。兄は基本的に真摯《しんし》な性分《しょうぶん》なので、その前のことはさておきちゃんと答えてくれます。

「これ、雨の日しか使えないのか? 普段から使えるなら、光るだけの光魔法も護身用に

使えそうだが」

「これは公爵夫人《こうしやく》からのアドバイスで思いついたことなんですが、空気中のあらゆる粒子《りゆうし》に光を反射、屈折させる性質を付与する——正確には屈折率を大幅《おおはば》に、任意に変化させることでレンズの役割を与《あた》える、もしくは強めます。晴れの日も空気中には色々な粒子が漂《ただよ》っていますから、それらを利用することはできます。ただし、雨粒よりも光を反射する力は弱く、また太陽光の影響《えいきょう》が強くて制御《せいぎょ》が難しくはなると思いますが」

へー、なるほど、と私と兄は納得《なっとく》します。そんなことまでイヴは考えていたのですね。

ところが、今度は私よりも兄のほうが燃えてきたようです。

「俺が剣《けん》から光を出して目眩しするって方法は出力が大きいからできることで、一方で雨粒をレンズにして目眩しをする方法はエスターが精密な制御ができるからこそ、ってことだろう？　何だ、エスターも同じことができるのか！　ははっ、よかったな！　よし、もっと色々やってみるぞ！　競争だ！」

そう言って一人で騒いで、兄はどこかに走っていきました。何かあてがあるのでしょうか、ないでしょうね、走りたくなっただけだと思います。放《ほう》っておきましょう。

兄は置いておいて、私とイヴはプレヴォールアー家の屋敷の中に戻《もど》りました。祖母があらあら、とタオルを持ってきて、私の頭を拭《ふ》いてくれます。お節介《せつかい》な祖母はイヴの頭も拭こうとしていましたが、イヴは丁重《ていちょう》に断って自分で拭いていました。

居間の暖炉《だんろ》の前で二人で三角座りをして、温まっているときのことです。夕食までしばらく時間があるので、祖母がキッチンでホットココアを作ってくれています。楽しみに待ちながら、ふとイヴを見ると、何やら考え込んでいる様子でした。

「イヴ、どうかしましたか？」

「ああ、いや、何でもない」

「私でよければ、難しい話は理解できませんが、相槌《あいづち》を打つ相手くらいにはなれますよ」

うん、とイヴは気のない返事です。まだ悩《なや》んでいるようですね、そっとしておきましょう。イヴの邪魔《じゃま》はしたくありませんから。

そうして祖母がホットココアを持ってきてくれて、二人で熱いマグカップの水面《すいめん》に息を吹《ふ》きかけて冷ましていました。

小さく水面は揺《ゆ》れ、マグカップの壁《かべ》に当たって、静まります。ミルクの膜《まく》が張る前に飲んでしまおう、としていたときです。イヴが突如《とつじょ》大声をあげました。

「そうか、これか！　ウィルケントが言っていたことは！」

何だろう、と私はイヴの様子を窺《うかが》います。イヴは深刻そうな顔をして、自分に言い聞かせているのか、それとも私へ聴《き》かせているのか判別はつきませんが、とにかく言葉を口にします。

「光は波なんだ、だがそれでは説明がつかない現象も残っている。だから粒子状ではないか、という説もあるんだが……それがもし」

それがもし、その先の言葉はありません。じっとイヴはうつむいて考えて、それから顔を上げました。

「そこの観測からか。どうやって観測方法を作り出すか、その前に他《ほか》の人間が考えていないかを調べないと」

私は冷めてきたココアを飲みはじめました。イヴも頭を働かせるために糖分を摂《と》ったほうがいいです、祖母の作るホットココアは砂糖を多めに入れて甘くしてくれていて美味《おい》しいですから。

暖炉の熱で乾《かわ》いてきたイヴの髪《かみ》は、焦茶色《こげちゃ》の髪の毛先が明るい灰色になっていて、くるんと少しカールしています。そういえば、イヴの髪はふわっふわなのです。前に一度触《さわ》らせてもらいましたが、長毛の猫《ねこ》を撫《な》でているようなふんわり感でした。私もよく父や母に頭を撫でてもらったものですが――ああ、そうだ。

ココアを飲んで一息ついたところで、私はイヴの顔を覗《のぞ》き込みます。そして、聞いてみました。

「イヴ、頭を撫でてもいいですか？」

イヴはココアを吹き出しそうになって、全力で首を横に振《ふ》っていました。

「だっ、だめだ！　いきなり何だ？」

「申し訳ございません、頑張《がんば》っておられるので、つい」

そんなに嫌《いや》がられるとは、思ってもみませんでした。私はただイヴにすごい、と褒《ほ》める気持ちを伝えたかったのですが、ままなりません。イヴにはたしなめられてしまいました。

「エスター……子ども扱《あつか》いするな」

「そのようなつもりはなかったのですが、その」

イヴは、そうじゃない、と私の言い訳を封《ふう》じます。

「こ、恋人《こいびと》なんだから、もっと違《ちが》う褒め方があるだろう」

いつもいつも思うのですが、イヴが照れながら恋人という単語を使う様子は、いじらしくて可愛《かわい》らしくて、私はきゅんとします。いけないいけない、殿方《とのがた》に可愛いなどと言うと怒《おこ》られてしまいます。イヴはそう、真面目《まじめ》なのです。きっとそうです。であれば、私はイヴに合わせて、真面目に期待に応《こた》えましょう。

「分かりました！　目を閉じてください」

恋人らしい褒め方、つまりご褒美《ほうび》です。

イヴは目を閉じました。よし、今がチャンスです。

だって、見られているとやりづらいですからね。

私はマグカップを床《ゆか》に置いて、そっとイヴの顔に近づきます。

私も恥《は》ずかしくて目を閉じたいのですが、距離《きょり》が分からなくなるのでだめです。ままなりません。衝突(しょうとつ)してしまいます。

そっと、イヴの左頬(ひだりほほ)に、私の唇(くちびる)が触(ふ)れます。すぐに離れようとは思うのですが、名残惜(なごりお)しくもあり、でもイヴを待たせてしまいますから、私はゆっくり体ごと後ろに引きました。

家族ならキスくらいしますが、それ以外の殿方に、となると、私は初めてです。ひょっとすると嫌がられるのでは？　先に了解《りょうかい》を取っておいたほうがよかったのでは？　後になってやってしまった、と盛大に落ち込みます。どうしてこうなったのでしょう。

「頬、か」

イヴが目を開けていました。私は言い訳を再開します。

「は、はい。まだ、恋人になったばかりですから！」

それをイヴがどう思ったのか。私がどきどきしていると、イヴはいきなりココアを飲み干し、立ち上がりました。

「用事を思い出した！　エスター、暗くなる前に帰れ！」

イヴはそう言って、急ぎ足で去っていきました。顔を見られないようにか、腕《うで》を上げていたので、その表情は読み取れませんでした。

うーん、照れ隠《かく》しでしょうか。嫌だったらイヴはそう言うでしょうから、そうではなかった、と信じたいです。

私がココアを飲もうとマグカップを持ち上げて、顔を上げると、真横にフィデスがしゃがんでいました。気配、感じなかったですよ。自然と目が合います。

「何やってるんだ、エスター」

「うひゃあ!? み、見てらしたのですか、フィデス様！」

「偶然《ぐうぜん》、目の前でキスをしていたものだからな」

「言わないでください！」

「それはともかく、公爵《こうしゃく》に頼《たの》まれて迎《むか》えに来た」

お父様、過保護すぎます。そう思ったのですが、フィデス曰《いわ》く「レナトゥスが一人で興奮して走って帰ってきたからエスターはどうしたと聞いたらプレヴォールアー家に置いてきたと言ったので思いっきり叱《しか》りつけていたら公爵になだめられて結果的に自分が迎えにいくことになった」とのことです。兄から怒《いか》り心頭のフィデスを引き離すためですね、分かります。お父様はそういうところ、とてもよく気を配られるのです。

雨も上がったので、私はフィデスとともに帰ることにしました。祖母にココアのお礼を言って、暗くなる前にプレヴォールアー家の屋敷《やしき》をお暇《いとま》します。

帰り道で、フィデスはぽつりとつぶやきました。

「妹はこうして順調に進んでいるのに、レナトゥスと来たら浮《う》いた噂《うわさ》の一つもないからな。まだまだガキなんだろうが、心配になってくる」

それはそうでしょうとも。気持ちはよく分かりますし、家庭教師やメイドたちもそう言っていました。私は妹ながらまったく否定できませんでした。別に恥《はじ》をかいたとは思いませんが、やはり兄の将来が心配になってしまいます。フィデスは兄の剣術《けんじゅつ》の師匠《ししょう》だったはずですが、父が大人しくしない兄を追いかけて外に出られないため、いつの間にかフィデスが代わりに生活全般《ぜんぱん》の指導役にもなってしまっていますね。もっとも、父の性分《しょうぶん》では頭ごなしに叱りつける、ということはしないのですが。

「兄はまあ、あのとおりですが……そのうち何とかなる、気がします」

「そうだな。あまり侮《あなど》りすぎてもよくない。最初に目眩《めくらま》しされたときはつい本気を出してしまったしな」

「あれは仕方ないことだと思います。兄が悪いです」

そんな愚痴《ぐち》や文句を交《か》わしつつも、私は何だかんだ兄が心底嫌《きら》いになれませんから、そういうものなのだなぁとしみじみしました。多分、フィデスも同じでしょう。でなければ、本気で叱ったりしません。

「まあいい。エスター、イヴがレナトゥスのように馬鹿《ばか》をやったり、お前に生意気を言ったら俺に言え。立てなくなるまで訓練で絞《しぼ》ってやる」

わあ、心強い。ではなくて、そんなことをしたらイヴが死んでしまいます。

イヴ、フィデスに目を付けられています。私はイヴを守るために、フィデスへ愚痴は言わないでおこう、と心に決めました。

あれから、雨は降ったり、止《や》んだりしています。

私は談話室の椅子《いす》でぼうっとしていました。何となく、プレヴォールアー家の屋敷に行こうかな、と思っても、イヴの邪魔《じゃま》にならないか不安になってしまって、椅子から立ち上がれません。

何となく、本当に何となくなのです。イヴはすごい人です、頭もよくて、行動力もあって、優《やさ》しくて、真面目です。私はそんな彼に、何ができるのでしょう。光魔法《まほう》でお手伝いができるでしょうか、でもしょっちゅうは必要ない気がします。実験のお手伝い、これも私は気が利《き》かないので邪魔になる気がします。せいぜいが気晴らしにデートくらいでしょうか、それもイヴが忙《いそが》しいと誘《さそ》っては悪い気がします。

気がする、というだけなので、実際にやってみれば違うかもしれません。でも——きっと今の私は、気持ちが落ち込んでいるのです。何をしても上手《うま》くいかない時期というのはあって、それなのだろうと思うのです。

いけない、いけない。こんな気持ちになるのは雨のせいです、気をしっかり持たないと。

「ここにいたのね、エスター。今日はイヴ様のところに行かないのかしら？」

そう声がかけられました。振り向くと、母がいました。

母は私の前にやってきて、絨毯《じゅうたん》に膝《ひざ》を突《つ》いて、私に目線を合わせました。母はこうして私の話を聞いてくれるのです、話してもいいよ、という合図です。私はそれに甘えて、落ち込んだ気持ちの中から、言葉にできるものを吐《は》き出してみます。

「お母様、私、イヴの役に立ちたいんです」

「そうなのね。私もあなたのお父様のお役に立ちたくて、一生懸命《いっしょうけんめい》やっているわ。好きな人のためなら頑張《がんば》れるから」

「お母様はいいのです、私はお母様ほど光魔法が上手くないもの。頭が悪いせいかしら、話についていくことだってやっとで、どうすればイヴのやりたいことに手を貸せるんだろう、って」

私は、自分の価値というものが、あまりないのだと思っています。公爵令嬢《こうしゃくれいじょう》、それはその希少な光魔法の使い手、でもそれは母や兄に劣《おと》るくらいです。公爵令嬢、それはそのおりですが、今の私に何か権力があるわけではなく、ただの一貴族令嬢にすぎません。淑女《しゅくじょ》らしいマナーを習得し裁縫《さいほう》や音楽を嗜《たしな》む、それはできますが、そんなもの貴族令嬢ならみんなできます。

そんな私は、何ができるのでしょうか。イヴが光魔法の新しい使い方を教えてくれて、それを学んで、それでも私は、自分に自信を持てるでしょうか。

私は何をすればいいのでしょう。イヴの役に立ちたいのに、どうすればいいのでしょう。

焦燥《しょうそう》の気持ちばかりが、ぐるぐる空回りします。

しかし、母は相変わらず、優しかったのです。

「大丈夫《だいじょうぶ》よ。あなたにはあなたのやり方で、やりたいことを叶《かな》える方法が必ずあるわ。私ともお父様ともレナトゥスとも違《ちが》うやり方でいいの。誰《だれ》かに遠慮《えんりょ》したり、引け目を感じたり、焦《あせ》ったり、本当にやりたいことのためならそんなことはしなくていいのよ」

こつん、と母の額が、私の額に当たります。ほんのりあったかい、母の作り出す光に触《ふ》れているのと同じ感覚です。

私はそのまま、母に尋《たず》ねます。

「お兄ちゃんも、本当にやりたいことをやっているの？」

「さあ、どうかしら。でも、あの子もそれを探して、ひょっとするともう手がかりを見つけてしまっているのかもしれないわ」

「さすがにお兄ちゃんに負けるのは何だか嫌《いや》かもしれないわ」

「ふふっ、なら頑張らないとね」

「行ってきます。イヴのためになること、考えてくる」

私は母と離《はな》れ、椅子から立ち上がりました。昼間だから一人で行く、と伝えて、傘《かさ》を持ってド・モラクス公爵邸《こうしやくてい》から出かけます。

空には晴れ間が、雨は上がって、乾燥《かんそう》していた冬の空気は肌《はだ》を引っ張るようなこともなく、潤《うるお》っています。まるで霧吹《きりふ》きで水をもらった植物の気持ちで、私は傘を泥《どろ》から守りながら、滑《すべ》り止めの彫《ほ》りが入った石畳《いしだたみ》の道を歩いていきます。

バルテルヌの街を横切って、郊外《こうがい》へ向かうその途中《とちゆう》、道行く人々が東の空を見上げていました。私も釣《つ》られて、視線の先を眺《なが》めると、そこには大きな虹《にじ》がかかっていました。

「虹だわ」

思わずそう言って、周囲の子どもたちなどはしゃいでしまうくらい、きれいな虹がかかっています。幸運の知らせかしら、とすれ違った女性たちが話していました。私は、そういえば最近どこかでこんなカラフルなものを見た、と思い出そうとします。

それはすぐに見つかりました。先日、プレヴォールアー家の屋敷の実験室で、プリズムへ光を当てると屈折《くつせつ》した何色もの光が見え、その外側には赤外線や紫外線《しがい》があるのだ、という話をしたばかりです。ということは、虹もプリズムのせいでああなるのでしょうか。空のどこにプリズムがあるのでしょう、うーん。

ひょっとすると違うのかもしれない。私はうんうん唸《うな》りながら、雨上がりの道をああでもないこうでもないと、疑問を積み重ねていきます。到着《とうちやく》したプレヴォールアー家の屋敷では、イヴが庭で落ち葉を掃除《そうじ》していました。私は挨拶《あいさつ》よりも先に、疑問をぶつけます。

The Beans News
ザ・ビーンズニュース

3

MARCH 2023

「黒幕令嬢なんて心外だわ！　素っ頓狂な親友令嬢も初恋の君も私の手のうち」
イラスト／赤酢キヱシ

毎月1日発売！

角川ビーンズ文庫の新刊情報

102-8177　株式会社KADOKAWA　東京都千代田区富士見2-13-3　https://beans.kadokawa.co.jp/
Twitter/LINE @beansbunko 【発行】株式会社KADOKAWA【編集】ビーンズ文庫編集部

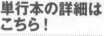

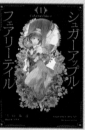

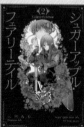

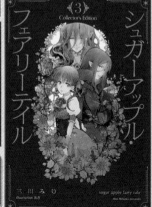

シシリー
公爵令嬢。
ある「夢」を
追いかけている
ゼナード
外交官。
シシリーの
初恋の人
第7回
カクヨムWeb
小説コンテスト
恋愛(ラブロマンス)部門
特別賞
受賞
初恋を叶えるために
一生懸命なだけなのに――
「黒幕」なんて失礼ね！

STORY

黒幕令嬢《くろまくれいじょう》なんて心外《しんがい》だわ！
素《す》っ頓狂《とんきょう》な親友令嬢《しんゆうれいじょう》も初恋《はつこい》の君《きみ》も私《わたし》の手《て》のうち

野菜《やさい》ばたけ　イラスト／赤酢《あかず》キエシ

幼い頃の初恋を胸に、ある「夢」を追いかける公爵令嬢・シシリー。でも王太子の婚約破棄騒動など次々と邪魔が入り……って私が解決するしかない、だと!?　史上最高にピュアな黒幕令嬢の華麗なる暗躍！

新作情報♪

※このイラストは制作中のイメージです。

コルネ
伯爵令嬢。借金返済のためメルヴィンのお世話係に
メルヴィン
第二王子。ワケあって絶賛引きこもり中
人間不信王子のお世話は
どこまでも手強いようです!?
[借金《しゃっきん》令嬢《れいじょう》とひきこもり竜王子《りゅうおうじ》
専属《せんぞく》お世話係《せわがかり》は危険《きけん》がいっぱい!?]
青田《あおた》かずみ
イラスト／ウラシマ

万能王女は
好きな人の心だけ
読めない――!?
すれちがいラブ!
セオドア
婚約者であるエステリーゼのことを溺愛している
エステリーゼ
アカルディ王国の第一王女。人の心が読める
[心《こころ》が読《よ》める王女《おうじょ》は婚約者《こんやくしゃ》の溺愛《できあい》に気《き》づかない]
花鶏《あとり》りり
イラスト／紫藤《しどう》むらさき

「イヴ、どうして虹はたくさんの色なのですか？」

イヴは箒《ほうき》を持つ手を止め、少し間を空けて、それから説明してくれます。

「このあいだ見たプリズムも、赤から紫《むらさき》まで色があっただろう？」

「はい」

「あれは光の種類によって屈折率が違い、同じ方向から照らしてもプリズムによって種類別に角度をつけて分けられる。その結果、さまざまな色が明瞭《めいりょう》に出てくるわけだ」

「虹も同じ原理なのですか？」

「太陽光を雨上がりで多く含《ふく》まれている空気中の水分などが反射した結果、ああいう気象現象が起きる。太陽が複数あるように見える幻日《げんじつ》も同じような原理だな」

ははあ、そうなのですね。世の中には幻日《サンドッグ》というものがあるようです、確かに太陽が複数あったら暑すぎますから、あくまで幻なのですね。それをイヴに伝えたら、何とも言えない顔をしていましたが、まあいいかと言ってくれました。どうやら、間違《まちが》ってはいないようです。

「イヴは物知りですね。すごいです」

「どうしたんだ、急に」

私は、大きく息を吸って、それから吐いて、気持ちを落ち着けてから、イヴへ思い切ってこう言いました。

「私はイヴのために、何ができますか？」

恥《は》ずかしがったり、笑ったりするだろうか。そう思っていましたが、イヴは即答《そくとう》しました。

「隣《となり》にいてくれ」

「それだけですか？」

「いてくれないと、そのあと何かを手伝ってほしくなっても、すぐに相談できないだろう。退屈《たいくつ》だから嫌か？」

「だって、私は頭が悪いので、イヴの研究をきっと理解できません。だから、迷惑《めいわく》になるんじゃないかと思って、それで」

すると、イヴは私の言いたいことを、察してくれたのでしょう。

箒を脇《わき》に挟《はさ》み、私の右手を取って、両手で包みます。

「エスター、知っているか？　何かの物事を理解した、ということは、他人にもその物事を教えられて初めて理解したと言えるんだ。俺は、お前にちゃんと教える。お前に教えられて初めて、俺は理解したことになるんだ。だから俺は、お前にいてほしい」

微笑《ほほえ》むイヴは、はっきりと、そう言いました。

イヴは私にいてほしいのだと、その心は、嘘《うそ》なはずがありません。イヴはそんな嘘は吐きません、嫌なら嫌と言う人です。そして私は、イヴの言葉を誰よりも信じられます。

「つまり、私が必要ですか？」

「ああ。俺の話し相手になって、俺のために話を聞いてくれ。俺はお前と、嬉《うれ》しいことを分かち合いたいんだ」

きゅっと、私は口を閉じます。はにかんで、無意識のうちに笑ってしまいそうですから、淑女としてはしたないことはできないと我慢《がまん》します。

それでも、嬉しさは、心の底から湧《わ》き上がってきて止まりません。

「そういうことなら」

その答えに納得《なっとく》したのか、イヴは手を離しました。

「掃除を終わらせて、中に入ろう。それと……お前のほうは、俺に何か、してほしいことはないのか？」

してほしいこと、そうですね、一つだけあります。

これを守ってくれるなら、いつも一緒《いっしょ》です。

「普段《ふだん》はソファに座ってください。そうすれば、隣に座れますから。他《ほか》のところにいるときも、私の椅子《いす》を用意してくださると嬉しいです」

私はあなたの隣にいたいのです。

たくさん話して、たくさん教えてもらって、たくさん喜ばせたいのです。いずれ互《たが》いが大人になってからも、歩けなくなるほど年を取ってしまってからも、ずっとです。

その思いは、伝わったのでしょう。

イヴは照れることもなく、頷《うなず》きました。

「分かった。そうする」

「約束ですよ?」

「約束だ。俺の隣にいろ、エスター」

はい、もちろん。

東の空にかかる虹を見ながら、イヴはずっと喋《しゃべ》っていました。

何気ない一言一言さえも、私の耳には心地《ここち》よく、滲《し》み入るように声は言葉となって私へ届きます。

お話ししましょう。ずっと先まで、尽《つ》きぬ不思議を語り、解き明かしてください。

それは、魔法《まほう》が科学に取って代わられる時代となっても続く恋《こい》語りで、愛ゆえの行動で、さらにはイヴの湧き出る知恵《ちえ》は私の光魔法にどこまでも可能性を与《あた》えるのでした。

暖炉《だんろ》でぱちぱちと火がはぜる音がします。

すっかり夜も更《ふ》けました。雪の深夜は静かで、後ろのソファで転がっている兄の寝息《ねいき》くらいしか聞こえません。

毛皮の絨毯《じゅうたん》に座る私の隣には、イヴがいました。冬の祝祭の前日だから、とプレヴォールアー家の屋敷《やしき》に来て、ド・モラクス公爵領《こうしゃく》では滅多《めった》にない大雪に見舞《みま》われてしまい、私と兄は帰るに帰れなくなりました。仕方がないので、眠《ねむ》くなるまで暖炉の前でおしゃべりを、と三人でいたのですが、兄はご覧の有り様です。子どものようにすぐ眠くなって寝《ね》てしまうのです。あとで起こして、二階のベッドに連れていかなければなりません。

壁《かべ》かけ時計の針が午後十時を過ぎたころ、イヴがあくびをしていました。

「ん……眠くなってきたな」

「そうですか？　なら」

「エスターは？　眠くないのか？」

「私はあまり寝つきがよくなくて、寒いと余計に眠くならないのです」

そうなのです、私は冷え性《しょう》なのでよく凍《こご》えています。

でも大丈夫《だいじょうぶ》です。イヴに教わった赤外線、あれを光魔法で靴下《くつした》から弱めに出るようにすれば、最近はぽっかぽかなのです。これで真冬も心配ありません。そのことをイヴに力説しようとしたところ、イヴはうつらうつらと船を漕《こ》いでいました。

「イヴ、もう寝ていいですよ。兄も起こしてベッドへ連れていきますから」

「そう、だな。うん」

やはり、イヴは眠そうです。成長期ですし、しっかり寝ないといけません。それは私もなのですが、今はイヴのほうが大事です。

イヴは限界に近いのか、ぽすん、と私の肩《かた》に頭を乗せてきました。寄りかかって、何とか起きようとはしているようですが、もうだめですね、完全に睡魔《すいま》に負けています。

寝言《ねごと》のように、イヴはつぶやきます。

「エスター」

耳元で弱々しく名前を呼ばれ、私は胸がときめきます。そういう状況《じょうきょう》ではないと分かっていても、乙女心《おとめごころ》は止められません。

無自覚のイヴは、一生懸命《いっしょうけんめい》何かを伝えようと、口を動かします。聞き取れた内容は、こんな感じでした。

「明日《あした》は、バルテルヌのパティスリーに、ケーキを取りに行かないと」

「ケーキ、ですか？」

「作って、もらったんだ。明日、誕生日だから、そのくらいの贅沢《ぜいたく》はしていいと思って」

誕生日《アニヴェルセル》？

私と兄ではありません、夏の生まれです。ということは——イヴの誕生日？

「え？　イヴの誕生日ですか？　ええ!?　どうして言ってくれなかったのですか！」

「んー……眠い」

「イヴ、待ってください。明日までにプレゼントを用意しますから！　ああでも、外は雪だし、もう」

もうイヴはまぶたを閉じています。体から力が抜《ぬ》け、すっかり私の体にもたれかかっていて、私は必死で支えます。すでに穏《おだ》やかな寝息が聞こえてきました、どうしましょう。私はイヴを抱《だ》きかかえます。ゆっくり絨毯の上に下ろさないと、私の力でベッドに運ぶのは無理ですし、こうなったら無理矢理にでも兄を起こさないといけません。そろっと動かそうとしたところで、イヴはぎゅっと、私の首筋、シャツの襟元《えりもと》に顔を埋《うず》めました。

「エスター、いい匂《にお》いだな」

それは寝ぼけてのことなのか、いえ、イヴのことですから寝ぼけでもしないと、嬉しそうにそんなことを言ったりしません。

自分でも分かるくらい、頬《ほお》を紅潮させて、しばらく私はイヴを抱いていました。愛《いと》しくてしょうがなくて、放したくなかったものですから、つい。

幸いと言っていいのかどうなのか、兄が目を覚ましました。

「んあ？　エスター、どうした」

「動けない」

私の状況をすぐに察した兄は、イヴを起こさないように抱きかかえ——これはお姫様《ひめさま》抱っこというやつですね——二階の寝室《しんしつ》まで運びます。剣術《けんじゅつ》で鍛《きた》えているだけあって、軽々と運んでいきますね。

無事イヴをベッドへ送り届け、部屋の扉《とびら》を閉めてから、私はそっと兄に耳打ちします。

「お兄ちゃん、明日、イヴの誕生日なんだって」

「何⁉ ちょうどいい、冬の祝祭と同じ日だ！　盛大に家で祝おうぜ！」

「それはいいんだけど、うるさい」

やかましい兄を客室に放《ほう》り込んで、私は振《ふ》り返ります。

イヴは明日、さっきのことを憶《おぼ》えているでしょうか。別に、忘れてもかまいません。私の胸にだけ秘《ひ》めておいたっていいのです。

愛しい人というのは、イヴのような人のことを言うのでしょう。

明日、十四歳になるイヴは、どんな顔を見せてくれるのでしょうか。

楽しみで、楽しみで、わくわくします。

また明日、おやすみなさい、イヴ。

番外編　かっこよさを求める兄の話 [Renatus]

これはある冬の一日のことであり、私にとっては残念ながら日常の一幕でもあります。木枯《こが》らしの吹《ふ》く中、私はくしゅん、と小さくくしゃみをします。庭のベンチに座っていると——目の前を兄が吹っ飛んでいきました。文字どおり、空中をすっ飛ばされて庭の芝生《しばふ》に叩《たた》きつけられてそのまま転がっていきます。

私、エスター・ド・モラクスは、兄のレナトゥスがまた懲《こ》りもせず、剣術の師匠《ししょう》であるフィデスに向かっていき、返り討《う》ちにされるさまを眺《なが》めていました。朝食前の日課なので、私も朝食の支度《したく》ができるまでベンチに座って見学しています。

長身で赤毛のフィデス・ベルナルディは、武芸の盛んなクエンドーニ共和国から招待され、兄の剣術指南役としてド・モラクス公爵邸《こうしゃくてい》に滞在《たいざい》しています。外見を一言で言うとメイド曰《いわ》く『色男《ボゴス》』なのですが、本人は大変ストイックな性格で、特に女性関係が云々《うんぬん》という話は聞きません。私には優《やさ》しいですし、兄には殊更《ことさら》厳しいです。あと一応弁解しておくと、私ではなくメイドが『色男《ボゴス》』のスラング《アルゴ》を使っているわけで私は伝え聞いただけです。本当です。公爵令嬢《れいじょう》がスラング《アルゴ》を使うなんて、そんなわけないです、はい。

あ、今、兄が起き上がりました。苦しそうですが、笑っているので大丈夫でしょう。兄にとって剣術《けんじゅつ》の訓練はとても楽しいようで、あんなに痛い思いをして何がいいのか、私にはよく分かりません。兄はまたフィデスに訓練用の剣を構えて向かっていって、切り結ぶのかと思いきや、フィデスが見事な体捌《たいさば》きで振り下ろされる兄の剣を回避《かいひ》し、そのまま遠慮《えんりょ》なく兄の腹を蹴飛《けと》ばしました。痛そうです。今度は兄は吹っ飛んで生垣《いけがき》に埋もれ、両足だけが出ています。まるでコメディアンのようで可笑《おか》しくてたまりませんが、私は笑うのを我慢《がまん》します。兄ではなくフィデスに、真剣《しんけん》にやっている者を嘲《あざけ》るな、と怒《おこ》られるからです。

その様子をフィデスに察知され、私は慌《あわ》てて口元を隠《かく》します。しかし咎《とが》められることはなく、フィデスはため息を吐《つ》いていました。兄は本当に懲りませんから、心中、お察しします。

生垣から這《は》い上がってきた兄は、服に付いた葉っぱと枝を落としながら口を尖《とが》らせます。

「ぬー……カッコ悪いなぁ」

「お前は格好いいか悪いかを基準にする悪癖《あくへき》さえなければ、もっと上達するだろうに」

「いやそれは大事だろ。カッコ悪く強くなるとか、俺は嫌《いや》だ」

「そうか、なら負け続けてもいいんだな？」

「それもやだ」

兄とフィデスのやりとりは、始終こんな調子です。最終的にいつもフィデスがため息を吐いて帰るか、怒《おこ》りに怒って追いかけ回すかのどちらかです。とりあえず私がそこに口を挟《はさ》むことはないのですが、一応父から様子を見ていてほしい、と頼《たの》まれているので、毎朝こうして訓練の見学をしている、というわけです。

フィデスは律儀《りちぎ》な性分《しょうぶん》であるせいで、兄のわがままなこだわりに付き合ってしまいます。何とか矯正《きょうせい》しようとはしているようですが、こまっしゃくれ……もとい、やりたい放題な兄相手は一筋縄《ひとすじなわ》ではいかないでしょう。それでも価値観を無理矢理押し付けるのではなく、根気強く兄と対話をしようというのですから、フィデスは本当にいい人ですね。普通《ふつう》ならもう呆《あき》れて母国に帰っていますよ。

「そもそも、どうしてお前はそこまで格好にこだわる」

「なあ師匠、なんで今までそれ聞いてくれなかったんだよ」

「どうせ下らない答えが返ってくるだろうと思っているからだ」

「今も？」

「聞いておけば思いっきり蹴《け》れるだろう」

「剣術の訓練で蹴飛ばすのやめない？」

「これも訓練の一環《いっかん》だ、諦《あきら》めろ」

公爵令息《こうしゃく》のお腹《なか》を思いっきり蹴れるのはフィデスくらいです。しかし、兄は毎日腹筋を鍛えているのでけろっとしています。さもありなん。

兄はしばし悩《なや》んだ末、フィデスの問いに答えました。

「あのさ、ロクターニャ王国の闘牛士《とうぎゅうし》みたいになりたい」

はい、ロクターニャ王国というのはここから西の国です。照りつける太陽、陽気で情熱的な人々、オリーブと肉牛の国です。兄は昔、父の名代という名目でロクターニャ王国に半年ほど滞在していたことがあります。どうやらそのときに闘技場で剣士《けんし》と暴れ牛が戦う、闘牛というイベントを見て感動したらしく、家に帰ってきてからしばらくはその話題ばかりで私は辟易《へきえき》したことがあります。そういえば最近は言わないな、と思っていたのですが、忘れてはいなかったようです。

「昔見たけどカッコよかった！　牛が突撃《とつげき》してきてもひらっとかわしてさ」

「あんな曲芸のどこがいいんだ。それともあれか？　舞台《ぶたい》の上で格好よく劇でもしたいのか？　そんなことに俺は付き合わされているのか？　どうなんだ？」

フィデス、兄の憧《あこが》れを一刀両断です。ただ、フィデスの言い分はもっともな話です。真面目《まじめ》に剣術を修めているクエンドーニ人のフィデスからすれば、そんなお遊び、と鼻息荒《あら》く断じるのはおかしくはありません。闘牛はあくまでお祭り、イベントであって、純粋《じゅんすい》に剣術を競《きそ》うものではないからです。

そろそろ、涙目《なみだめ》になりそうな兄へ助け舟《ぶね》を出しておきましょう。私はフィデスへ、控《ひか》えめに訴《うった》えます。

「それはそれとして、強くなりたいという兄の思いは、本物だと思いますが」

フィデスは認めるべきところは認める人です。剣術をもっと上手《うま》くなりたい、強くなりたい、という兄の気持ちに嘘偽《うそいつわ》りはなく、剣士のフィデスならなおのことそれは分かるはずです。

フィデスは頷《うなず》きました。

「確かに。それは分かる」

「だろ⁉」

「だが、目標が曖昧《あいまい》すぎる。お前は次期公爵だ、剣士にもなれなければ、俳優にもなれない。闘牛士なんてなおさらだ。それを自覚した上で、剣を振るう理由を明確にしろ。夕方の訓練までに考えておけ」

ああ、言われてしまいました。ド・モラクス公爵家の嫡子《ちゃくし》として生まれた兄にとっては、公爵になる以外の人生はありません。憧れの闘牛士にも、俳優にも、剣士にもなれませんし、剣術《けんじゅつ》にだけ打ち込むことは許されません。その現実は、私も兄もできるだけ意識しないようにしていましたが――やはり、誰《だれ》かが言わなければならないことなのでしょう。フィデスは、その憎《にく》まれ役を買って出て、兄のために忠告をしてくれました。

フィデスは訓練用の剣を二つとも持って帰りました。兄は片付けができないので、フィデスがやってしまうのです。フィデスのそういうところが兄を甘やかしているように感じるのは、私の気のせいでしょうか。

とりあえず、訓練が終わり、庭のベンチに座り込んだ兄を、労《いたわ》っておきましょう。

「お兄ちゃん、言われちゃったね」

「……まあ、うん、言われるとは思ってたからいいよ」

「昔みたいに言わないんだ？」

「何を？」

「私に、お前がド・モラクス公爵家を継《つ》いで女公爵になればいい、とか」

「ありか？」

「なしよ！」

兄はまた口を尖らせて、何だよもう、と不満そうです。リュクレース王国の法律上では私が女公爵になることは可能ですが、兄が廃嫡《はいちゃく》される予定はまずないので無理です。この国一番の貴族の爵位《しゃくい》を押し付けないでほしいです。

すると、兄は神妙《しんみょう》な顔つきになって、こんなことを尋《たず》ねてきました。

「なあエスター、俺ってカッコ悪いか？」

「うん！」

「はっきり言いすぎだろ！」

「え？　生垣に頭から突《つ》っ込んで両足しか出てなかった人のことをカッコいいって言うの？」

「ごめん、はっきり言わないで」

私の当初の目的、兄を労わるというのはどこかへ消し飛んでしまいました。兄はすぐ調子に乗るので、ちょっと厳しく言っておく必要がありますから。

やがて、屋敷《やしき》の渡《わた》り廊《ろう》下《か》に同年代のメイドが顔を見せ、手を振《ふ》っていました。朝食の支《し》度《たく》ができたようです。

私は兄を引っ張って、食堂へ向かいます。でも、兄はずっと悩んでいました。

「どうすればカッコよくなるんだろうな……うーん」

聞かなかったことにしたいです。なんでそんなことばっかり真面目に悩むの、お兄ちゃん。


午後、私は弱い冬の日差しの中、イヴと散歩をしていました。今日はイヴが公爵邸《こうしゃくてい》まで迎《むか》えに来てくれる日だったので、ゆっくりプレヴォールアー家の屋敷まで二人でおしゃべりをしながら歩いています。

話題といえば、真っ先に出てくるのは私の愚痴《ぐち》、主に兄に関することでした。

「兄はそんなことばかり言っているのです」

私は今朝の出来事について、イヴへ余すところなく伝えました。イヴは苦笑《くしょう》して「大変だったな」と私を慰《なぐさ》めてくれました。あまり父も母も、兄に関してはそう言ってくれないので、イヴは私の希少な理解者です。

「大体、兄は勉強も礼儀《れいぎ》作法も光魔法《まほう》もそつなくこなすくせに、どうしてあんなところだけ子どもっぽい考え方をするのか、私にはまったく理解できません」

「子どもっぽい、か。まあ、うん、そうだな」

「違《ちが》いますか？」

「違いはしないが、そうだな……将来の夢や未来のなるべき自分というものを、しっかり持っている、とも言えるんじゃないか？」

私は目を丸くしました。何度かまばたきをして、イヴの言ったことをもう一度考えますが、それはさすがに同意しかねます。

「ええー？」

「要はものの見方を変えればいい。何かにこだわっている、ということは、それがレナトゥスにとって自分の一番大切なもの、もっと言えば人生の根底にある譲《ゆず》れないものなんだろう。きっかけは些細《ささい》なことであっても、レナトゥスは自分が『カッコよくありたい』、その理想像を持っているんだ。それは、実はとても幸せなことなんじゃないか、と俺は思う」

そう言われてみれば、そうなのでしょうか。うーん、そのこだわりは、言い換《か》えれば兄にとっては譲れないもので、理想像。それは間違っていなさそうですが、うーん。

「ただ、もう少し現実と擦《す》り合わせたほうがいいとは思うが、まあそれはレナトゥスが考えることであって、他人がとやかく口を挟《はさ》むことじゃない」

「次のド・モラクス公爵である自覚を持て、ということですね」

「そうなるな。それさえあれば、レナトゥスが何を考えていたっていいさ」

「イヴは自由なものの考え方をしますね。私は、あの兄が身内だから、そんなふうに思えません。恥《は》ずかしくて」

フィデスのように、私も兄のことを考えると何かとため息が出ます。親しいメイドたちにさえ、男性としてのレナトゥス様はお付き合いする相手としてはちょっとねー、と実は言われているのを、私はずっと黙《だま》っています。否定はできず、同意しかできません。

しかし、それをイヴに分かってほしい、というのは、ともすれば兄の馬鹿騒《ばかさわ》ぎに巻き込んでしまうということです。イヴは優《やさ》しいですから、何とかしよう、と思ってしまうでしょう。ですので、これ以上は話すに話せません。

私の苦悩《くのう》、誰か分かってくれないでしょうかね。

そんなことを考えていると、悩《なや》みの種が自分から走ってきました。

「イヴ！　ちょっと話！　話聞いてくれ！」

後方から大声を発し、俊足《しゅんそく》を活《い》かしてものすごい速さでやってくる兄を見て、私は気分が落ち込みます。イヴとの時間を邪魔《じゃま》しないでほしいです。

私とイヴの前で急停止した兄は、両腕《りょううで》を右斜《なな》めに掲《かか》げ、左足の膝《ひざ》を地面近くに下ろし、足を広げて妙《みょう》なポーズを決めています。その背後からあの無駄《むだ》に出力のある光魔法で照らすものですから、私もイヴも腕で目を覆《おお》います。

「見ろ！　カッコいいポーズを考えた！」

「お兄ちゃん、今度は何企《たくら》んでいるの」

「人聞きが悪い！　イヴのセンスを頼《たよ》りに話があるってだけだ！」

「いいから光消して」

「話は聞きますから、落ち着いてください」

まるでどうどうとなだめられる興奮した馬のようです。兄の落ち着きのなさは、一体誰から遺伝したのでしょう。先祖の誰かに犯人がいるのでしょうか、それとも突然変異《とつぜんへんい》でしょうか。

光を消してから、兄はポーズを解いてイヴに迫《せま》ります。

「なあイヴ、どうすればもっとカッコよくなると思う？」

「話が早すぎませんか。順序よく、まずなぜそう思い至ったのか説明してください」

「ああ、えーと、ひょっとして、俺は俳優にも向いてるんじゃないか？　と思った！」

それは今朝の話の続きですが、興奮しきった兄は全然落ち着いていません。

そろそろ私も話に入って、兄を止めなくてはなりません。

「お兄ちゃん、今は冬だから劇団はいないし舞台《ぶたい》はやってないよ。新年にならないと」

「というか、劇団入りしないでください。一応、あなたは公爵家《こうしゃく》の嫡子なので」

「分かってるよ！　心配性《しんぱいしょう》だな、二人とも。でも、光魔法を使ってカッコいいポーズはしたいだろ？」

何ですって？　カッコいいポーズ？　全然したくないです。私は正直に、強めに、否定します。

「全然！　したくなんてない！　無理！」

「嘘《うそ》ぉ!?」

どうして兄は心底驚《おどろ》いた顔をしているのでしょう。当たり前ではないのでしょうか、私が間違っているのでしょうか。そんな気持ちになってしまうではありませんか。

イヴもまた、別の意味で驚いています。

「まさかそんなことのために光魔法を使うなんて、実用性皆無《かいむ》じゃないですか」

「そこまで言う？　俺、全否定されてない？」

「お兄ちゃん、馬鹿《ばか》言ってないで家帰ってご飯食べて寝《ね》たほうがいいよ。明日《あした》になったら忘れてるから」

「そ、そんな好き放題言わなくてもいいだろ！　いい加減俺も拗《す》ねるぞ！　子どもみたいに拗ねるぞ！　道路で寝転《ねころ》がって騒《さわ》ぐからな！」

「やりたかったらやってもいいけど、さすがに温厚《おんこう》なお父様もそれを聞いたら怒《おこ》ると思うよ」

私も兄も、生まれてこのかた、一度たりとも父に叱《しか》られたことはありません。目の前で怒っているところなんか、見たこともないくらいです。それでも、こうでも言わないと兄は止まりません。さっきイヴが感心させてくれることを言っていたのに、台無しです。

ぬぐぐ、とどうしてくれようとばかりに地団駄《じだんだ》を踏《ふ》む兄に嫌気《いやけ》が差していると、ひょっと唐突《とうとつ》に一人の男性が現れました。

「おや、光っていると思って来てみれば、やはりあなたがたでしたか」

青灰色の髪《かみ》の男性はやけに親しげです。というよりも、私たちが会ったことのある人物のようです。

それにしたって、見覚えのあるような、ないような、整った顔ではあるのですが、特徴《とくちょう》のない顔です。今時の少しリッチな商人風の、襟《えり》口の丸いシャツに丈《たけ》の長めの黒のジャケット、同色のズボンに履《は》き慣れているであろう革《かわ》のブーツ、そして刺繍《ししゅう》の入ったマントを羽織っています。ド・モラクス公爵家にはお抱《かか》えの商人が多いので、そのうちの一人でしょうか。それにしても、違和感《いわかん》が拭《ぬぐ》えません。

　ところが、兄は瞬時《しゅんじ》にその正体を見抜《みぬ》きました。

「その顔、テネブラエ？」

　テネブラエ、という名前を聞いた途端《とたん》、私もイヴも咄嗟《とっさ》に身を引いて警戒《けいかい》しました。

　つい数ヶ月前、王都で暗躍《あんやく》した北の商業都市国家ニュクサブルクの密偵《みってい》テネブラエが、再び私たちの前に姿を現した。あのときは、ウォールドネーズ宰相《さいしょう》閣下直々にテネブラエ捕獲《ほかく》のために呼ばれていた私が、そのテネブラエを追い詰《つ》めた末に逆に連れ去られそうになって、勝手についてきていた兄が助けてくれたのです。

　ただ、テネブラエ《闇》の名のごとく、彼は見事な黒髪《くろかみ》だったはずです。黒い目は変わりませんが、ここまで髪の色が違うと別人のようにしか見えません。

「本当に、テネブラエ？　でも、髪の色が違うわ」

「特殊《とくしゅ》な染料《せんりょう》で染めたのですよ。まあ、地毛は黒でもないのですが」

「そんなことはどうでもいい！　テネブラエといえばこのあいだ王都から逃《に》げおおせた密偵だろう！　なぜここに、ニュクサブルクの密偵がいるんだ⁉」

　この場で唯一《ゆいいつ》、テネブラエの名前はともかく顔すら知らなかったイヴは、明らかに動揺《どうよう》しています。無理もありません、テネブラエに婚約者《こんやくしゃ》だったプレッキ公爵令嬢《こうしゃくれいじょう》アマンダが狙《ねら》われ、それが原因で婚約解消まで至ったのですから、警戒するなというほうが無理です。

　しかし、私は何となくテネブラエが粗雑《そざつ》どころか礼儀《れいぎ》正《ただ》しい——少なくともそう装える

──性分を持っていることは知っていたので、兄と同じく、彼と打ち解けてはきました。

「久しぶりだな！　ところで、うちの領地に何しに来たんだ？」

「今はニュクサブルクの商人たちの助言役としてリュクレース王国を旅しているだけですよ。王都のほうは活動しづらくなったので、目をつけられることは避《さ》けて別の真っ当なことをしている、というわけです。今の私は何の罪も犯《おか》していないわけですから、大人しくしているかぎり問題ないでしょう？」

「なるほど！」

まあ、そうかもしれません。どのみち、私たちではテネブラエを捕《つか》まえることはおそらくできません。先日は兄が不意打ちをしたから何とかなっただけで、私を抱えながらホテルの窓を破って階下に飛び降りて逃げるほどの方ですから、下手にどうこうするべきではないでしょう。

そこへ、空気を読まない兄がとんでもない発言をします。

「なあテネブラエ、密偵ってカッコいいよな？」

ああほら、そんなことを言うから、密偵テネブラエが笑顔《えがお》を引きつらせています。

テネブラエは多分すごい密偵なので、兄の素《す》っ頓狂《とんきょう》な発言にも惑《まど》わされず、さりとて無視や馬鹿にすることもなく、きちんと兄の言いたいことを把握《はあく》して真摯《しんし》に対応してくれました。

「それは私を褒《ほ》めているのではなく、何か別の想像をしていますね？　あいにくと、密偵ほど地味な仕事はありませんよ。姿を隠《かく》して名前を変えて、功績はすべて闇《やみ》の中です。密偵としての教師からは、最初から存在していなかったかのように死ね、と教わるほどですよ」

すでにテネブラエのその発言がカッコいい、とは私たち三人の共通認識《にんしき》です。

「イヴ、密偵、カッコよくないか？」

「……はい、ちょっとは、はい」

「すごいよね。カッコいい」

何とも抗《あらが》えない、推理小説の悪役のようなカッコよさです。なりたいとは思いませんが、非日常的できっと先日の王都での一件のような事件を起こして、探偵《たんてい》役の主人公と対峙《たいじ》したりするのかもしれません。そういうことは、私たちはまだ憧憬《どうけい》や羨望《せんぼう》の視線で見てしまう年齢《ねんれい》なので、仕方ないですね。テネブラエを警戒していたイヴも否定できていません。

だから、兄はテネブラエの力を借りることにしたようです。

「テネブラエ、相談がある！」

そう言われてちゃんと話を聞いてくれるあたり、テネブラエ、優《やさ》しいです。もちろん次期ド・モラクス公爵とお近づきになる、などの下心があるのでしょうが、よく突拍子《とっぴょうし》もない兄の話についていこうと思うものです。苦労しますね、密偵。

兄は朝のフィデスに叱られた一件、そして光魔法《まほう》を使ってでもカッコよくなるためにはどうすればいいか、テネブラエへ開けっぴろげに話し、助言を乞《こ》います。

カッコよくなるために、カッコいい人に助けてもらう。それは筋が通っています、だからこそ私も期待してしまいます。テネブラエならどんなことを助言してくれるのか、わくわくして待ちます。

「ふむ、なるほど、ポーズ云々《うんぬん》はともかく、剣術《けんじゅつ》の師匠《ししょう》に勝つための技《わざ》が欲しいということですね」

すごい、テネブラエ、真面目《まじめ》に考えてくれています。理解者を得た兄は嬉《うれ》しそうに、相談を続けます。

「密偵の知識で何かどーんと派手……じゃなくてもいいから、カッコいい技、できれば師匠に勝てる技を作れないか？」

「難しいことを言いますね。ですが、あなたの師匠は魔法を使えないのなら、光魔法の使い手であるあなたには必ず勝ち筋はあるのではないでしょうか」

「あ、そうだ、目眩《めくらま》し以外で頼《たの》む。あれやったら怒られた」

若干《じゃっかん》、テネブラエの顔が硬《かた》くなりました。王都で兄の目眩しの光魔法が直撃《ちょくげき》した過去を思い出したのでしょう。あれに関してはテネブラエも怒っていいと思います、被害者《ひがいしゃ》は他《ほか》にもいるので。そんなことはせず、それはそれ、これはこれと水に流して協力してくれるあたり、テネブラエは大人です。

テネブラエは一つ、興味深い話を口にします。

「こういう話を聞いたことがあります。人間の目は、物体に反射する光を捉《とら》えることで、その物体を見ることができる、と。だから光のない暗いところでは見えないのです。ならば、その光を操作すればどうでしょう。相手に違《ちが》うものを見せる、もしくは自分に反射する光を消す、さまざまな考え方ができるはずですよ」

何と、そんな方法が。それなら目眩しせずに、相手の視界を遮《さえぎ》ることもできそうです。

しかし、本当に理論的に実践《じっせん》できることなのでしょうか？

テネブラエの話を聞いて、イヴが腕《うで》を組み、考え込みながらこう言いました。

「理屈《りくつ》は、確かにそうだ。結局のところ、人間は目に大きく頼《たよ》る生き物だ。視界を奪《うば》われたり、目に見えるものが幻《まぼろし》だったりすれば、戦うどころじゃない。目眩しは目に悪いから禁止ではあるものの」

視界を奪う、というのはちょっと広範囲《こうはんい》になってすぐに制御《せいぎょ》のイメージが湧《わ》かないので、私は幻を作り出してみることにしました。

「つまり、こういうこと？」

私は手のひらを上にして、光魔法を使います。手のひらの上、ちょうど食べごろのカボチャくらいの大きさの範囲《はんい》だけ、まっすぐ進むであろう光を無差別に方向転換《てんかん》させ、周囲の風景を映したり、虫食いにさせたり、はたまた反射させたりと、思いつく限りの光の挙動を再現してみます。中には覗《のぞ》き込む兄の顔が三つくらいに浮《う》かぶ虚像《きょぞう》が見える場所もありました。

「このやり方で制御を細かくして、もっと範囲を広げたり、相手の視界の前だけに使ったりすれば、簡単に幻を見せられるかも。視界を奪う方法はまた別のやり方かな。とりあえず、これでいい？」

私の問いかけに、三人は大きく頷《うなず》いていました。

「エスター、相変わらず器用だな」

「私の言いたいことは概《おおむ》ねそれで合っています。あとは、レナトゥス、あなたの力量次第《しだい》でしょう」

「ふむふむ。よし、分かった！　特訓してくる！　ありがとう！　助かった！」

兄は理解した、という得意満面の笑みで、脱兎《だっと》のごとく駆《か》け出していきました。どこへ行くのでしょう、もう知りません。追いかけたくもないです。

一方で、兄のいなくなったここ、私、イヴ、テネブラエが残されたこの場には、緊張《きんちょう》した空気が醸《かも》し出されていました。イヴはテネブラエへ、あからさまな警戒心《けいかいしん》を隠していません。それは当然のことで、イヴからしてみれば先日の事件は自分を、ひいては国をテネブラエに操《あやつ》られることになりかねなかったのですから、敵意を剝《む》き出しにするでしょう。

言葉はどうであれ、その気持ちは致《いた》し方ありません。

「それで、テネブラエ。お前、他に何か目的があって来たんだろう」

向けられた刺々《とげとげ》しい口調も何のその、テネブラエはとびっきりの愛想笑《あいそわら》いを浮かべて、イヴへお辞儀《じぎ》をします。

「察しのいい方は嫌《きら》いではありませんよ。ええ、お初にお目にかかります、イヴ王子。あなたとのコネを作りに来ました」

これには、イヴも怒《いか》りをあらわにします。

「他人の婚約者を籠絡《ろうらく》しようとしておきながら、厚顔無恥《こうがんむち》にもほどがあるぞ」

「ですが、結果的に婚約破棄《こんやくはき》できてよかったではありませんか。私も安心しましたよ、あの馬鹿《ばか》なご令嬢《れいじょう》にもう甘ったるい言葉を使わずに済むのですから」

ああ、ものすごく険悪な雰囲気《ふんいき》です。イヴが今にも怒髪天《どはってん》を衝《つ》きそうです。これは、私が何とかしないと！

とはいえ、どうすれば——うーん、でもテネブラエとの繋《つな》がり、というのは、イヴに利益があるのではないでしょうか。どんな利益が？　それは——ああ、そうです。私は思い出しました。急いでイヴの服の袖《そで》を強く引っ張ります。

「イヴ、これはチャンスです！」

「な、何がだ」

「王都でミセス・グリズルと一緒《いっしょ》に読んだニュクサブルクの論文、あれはとても進んだものだったはずです。テネブラエを通じて今のニュクサブルクの情報を得ることができるなら、学問のことだって知ることができるなら、とてもいいお話のはずです！」

ブレナンテ伯爵邸《はくしゃくてい》で、私の光魔法で生み出したほの暗い光、紫外線《しがい》について知ろうとして、ニュクサブルクの光に関する論文を読んでいたことを、私は思い出したのです。テネブラエの本国であるニュクサブルクは科学分野の研究が進んだ国で、リュクレース王国では知られていない多数の新発見を目《ま》の当たりにして、イヴも驚《おどろ》きつつも喜びを隠しきれていませんでした。

イヴは知的好奇心《こうきしん》や知識欲《ちしきよく》の旺盛《おうせい》な、天才肌《はだ》の少年です。知りたいことを知ることができるなら、貪欲《どんよく》に求めていく、私はそれを邪魔《じゃま》したくありませんし、むしろ応援《おうえん》したいのです。だから、テネブラエとの繋がりが生まれれば、そのチャンスになるのではないか。私はそう思ったのです。

どうやら、それはテネブラエに対して正しい理解を示した形になったようで、テネブラエは手を叩《たた》いて私を称賛《しょうさん》します。

「さすが、私を追い詰《つ》めた方は違う。ええ、そのとおりです、私は見返りとしてそうしたものを提供できます。その代わりに、必要に応じてリュクレース王国やド・モラクス公爵《こうしゃく》領の情報提供や人脈を紹介《しょうかい》していただきたいのです。何、無理を言うつもりはありませんからご安心を。国家機密を流せなどとは言いませんよ」

「そうなのですか？　大事な情報のほうが、価値があるのでは？」

「情報というのは、何も隠《かく》されているものだけに価値があるわけではないのですよ。領都バルテルヌを見るだけでド・モラクス公爵領のあらゆる状況《じょうきょう》が分かるように、肝心《かんじん》なのは得た情報を分析《ぶんせき》して知りたいことを知ることができるか、変化や新発見を見つけられるか、我々密偵《みってい》が情報収集するものの九割以上はそのための材料ですよ」

私は、そうなのですか、と言うしかありません。難しい話です、とにかく些細《ささい》な情報でもいいから取引をして、何かあれば人脈を頼りにしたい、そういうことでしょう。それは商人や貴族の家同士の付き合いでもよくある話ですから、私にも分かります。

でも、それならド・モラクス公爵家の一員である私もテネブラエから取引しましょう、と言われてもいいはずですが、どうやらそういうわけではないようです。私では力不足なのでしょうか？　テネブラエは私のそんな疑問を察したらしく、先に手を打ってきます。

「ああ、エスター嬢《フロイライン・エスター》、あなたとは直接取引はしませんが、別に嫌いなわけではありませんよ。公爵令嬢《れいじょう》であるあなたの名誉《めいよ》を守るために、素性《すじょう》の知れぬ男との接触《せっしょく》をさせぬよう気を遣《つか》っている、と思っていただければ幸いです。もちろん、私に用事があればイヴ王子を通じてご連絡《れんらく》ください。多少なら便宜《べんぎ》を図《はか》りましょう」

確かに、テネブラエは素性が知れませんね。テネブラエという偽名《ぎめい》を使うニュクサブルクの密偵、ということしか分かりませんからね。私は割と親切で話しやすい人だな、なんて思ったりもしますが、これはもっとちゃんと警戒《けいかい》したほうがいいのかもしれません。密偵が人脈作りで使う人身掌握《しょうあく》術や話術という可能性もあります。本当に推理小説や冒険《ぼうけん》小説のようで、内心、私はとても興味津々《きょうみしんしん》なのですが、今この場の雰囲気を考えるとそれは隠しておいたほうがいいですね。兄と同じく馬鹿にされます。

イヴは自分の中で折り合いがついたのか、テネブラエへ取引の受諾《じゅだく》を伝えます。

「分かった。いずれ王家の後ろ盾《だて》がなくなる以上、俺も一つでも多く情報や人脈が欲しい。政治的なものではなく、あくまで学問や研究に関するものが欲しいんだが」

「なら、代金は私がお支払《しはら》いしましょうか？　イヴは今お小遣《こづか》いくらいしか使えませんし」

「エスター！　それは言わなくていい！」

あ、口が滑《すべ》ってしまいました。テネブラエにイヴのお小遣いの額を知られてしまいますね、バルテルヌのカフェで私がお代を払っていることまで分かってしまうかも。

テネブラエは、愉快《ゆかい》そうに口角を上げています。

「では、そのときはエスター嬢《フロイライン・エスター》のご厚意《こうい》か、イヴ王子の出世払いということで」

イヴが苦々しい顔をしています。でもまあいいでしょう、これでイヴの毎月のお小遣いが減ることは避《さ》けられました。実は私、幼いころ公爵邸《こうしゃくてい》で晩餐《ばんさん》会や夜会があるたび兄と光魔法《まほう》を披露《ひろう》して拍手喝采《はくしゅかっさい》を浴びていたおかげか、今でもたくさん可愛《かわい》がってくれる商人や貴族の紳士淑女《しんししゅくじょ》の方々がいて、お会いするたびよくお小遣いやアクセサリー、本などをもらっているのです。ちょっとした財産ですね。前にイヴにも見せたのですが、かなり呆気《あっけ》に取られていたので、ああこれは相当の額なのだな、と実感しました。

やっと険悪な雰囲気も緩和《かんわ》されて、ほっとしたのも束《つか》の間。

兄が走って帰ってきたのです。それも、一人ではありません。兄が横に五人くらい並んで、一斉《いっせい》に走ってくる光景は、正直気味が悪いです。どうせさっき聞いた光魔法の虚像《きょぞう》を使っているんだろうな、と予想がついた私は驚きませんが、イヴもテネブラエも固まっています。

「エスタあああ！　ちょっと見てくれこれカッコいい！　名前付けたぞ、これ幻影《ミラージュ》！」

「もう、うるさい！　これでしょ！」

いちいち叫《さけ》ばないと気が済まないのでしょうか。腹が立った私はつかつかと大股《おおまた》で近付き、兄——五人いるうちの、向かって右から二人目——の頭に、力一杯拳《ちからいっぱいこぶし》を当てました。殴《なぐ》るという行為《こうい》は私はしたことがないので、見よう見まねです。

「あいた⁉　なんで分かった⁉」

大袈裟《おおげさ》に頭をさする兄は光魔法を解いて、一人になりました。光魔法で鏡のように虚像を作り出し、五人もいるように見せかけていたのです。

「微妙《びみょう》に他《ほか》と違《ちが》ったもの」

そうなのです、五人並んでいるうち、右から二人目以外はほんの少し体の輪郭《りんかく》がブレていて、暗い印象を受けました。私は兄と違い、微細《びさい》な違いの光魔法を制御《せいぎょ》することに慣れていますから、あっという間に判別できました。

しかし兄は懲《こ》りません。

「でもカッコいいだろ？　これで師匠《ししょう》にもカッコよさを認めさせてやる！」

えっ、今見破られたばかりの練習もろくにしていない光魔法で、フィデスが認めてくれると本気で思っているの？　と私が指摘《してき》する暇《ひま》もなく、兄は全速力でまた走っていきました。どうしましょう。今度はフィデスに蹴《け》っ飛ばされるだけでは済まないかも知れません。

「イヴ、兄の思惑《おもわく》が成功することは多分ないと思いますし、かわいそうだから止めませんか」

「先回りして伝えておこう。今、フィデス師匠はレナトゥスを追いかけてきているだろうし、あの二人はいつもすれ違っているから大体ルートは予測できる」

さすがイヴ、頼《たよ》りになります。

私とイヴは、ちらりとテネブラエへ向き直ります。ただ、こちらがお別れの挨拶《あいさつ》を切り出す前に、テネブラエは上品で流暢《りゅうちょう》なニュクサブルクの挨拶をしてくれました。

「それでは、ごきげんよう《シェーネンターク》。またお会いしましょう《アウフヴィーダーシャウエン》」

そう言って、テネブラエはバルテルヌの街のほうへと去っていきました。遠ざかっていく一分の隙《すき》もない後ろ姿には、つい見惚《みと》れてしまいます。

いけない、それどころではありません。兄を止めないと、フィデスに完膚《かんぷ》なきまでに蹴られてしまいます。

フィデスのいそうな場所に見当がつくイヴが先導し、私たちはフィデスがいそうな場所を目指しました。


フィデス、いました。プレヴォールアー家の屋敷《やしき》の前にいました。庭先にある薪割《まきわ》り用の丸太に座って、空を眺《なが》めていました。イヴ、さすがです。フィデスは兄を捕《つか》まえるために、兄が寄るであろうプレヴォールアー家の屋敷で待ち伏《ぶ》せをしていたのです。もっとも、兄はフィデスに挑《いど》むためにバルテルヌか公爵邸のほうへ行ってしまったのではないかと思われます。すれ違いですね。

息を切らしながらやってきた私たちを見て、フィデスの第一声は「またあいつがやらかしたのか」でした。間違《まちが》ってはいません、私は兄の奇行《きこう》と光魔法の悪用とカッコいいと考えたその技《わざ》でフィデスに挑もうとしていることを、簡潔にまとめて——いえ、まとめるほどのことでもないですね、そのまま伝えました。

「というわけでお伝えにまいりました。特にカッコよくはなかったです」

フィデスは遠い目をしていました。分かります、私も今まで何度もそうなりました。兄が関《かか》わるとそうなのです。

　フィデスは立ち上がって、自分の頰《ほお》を軽く叩き、気を引き締《し》めていました。

「あいつは何がしたいんだ？」

「さあ？」

「挑んでくるなら受けては立つが……何がしたいんだ？」

「さあ？　私にも分かりません」

　それは永遠の謎《なぞ》かもしれませんので、気にしないほうがいいと私は思います。

　こうして心の準備ができているフィデスに不意打ちなど通用しないでしょうから、あとは兄が負けるだけです。そしてそれは実にあっさり、大して時間もかからずに実現します。

兄がまた走ってきたからです。さっきから走りっぱなしで疲《つか》れないのでしょうか。

突撃《とつげき》してくる兄へ向けて、フィデスは即座《そくざ》に行動を開始します。

「いたあああ！　師匠、新しい技」

「食らうか馬鹿《ばか》」

　兄があの光魔法の虚像を出す前に、目で捉《とら》えきれないほど速いフィデスの拳《こぶし》が兄の顎《あご》を激しく突《つ》き上げました。ああ、上方向に兄が吹《ふ》っ飛んでいきますね。そのままべしゃりと地面にぼろ切れのように落ちました。私の真横にいるイヴがあんぐりと口を開けています。

まだ慣れていないのですね、大丈夫《だいじょうぶ》、そのうち慣れます。

普通《ふつう》なら急所を殴られればしばらく起き上がれないものですが、無駄《むだ》に頑丈《がんじょう》な兄はちょっとうずくまっただけで、すぐに復活して立ち上がってフィデスへ抗議《こうぎ》しています。

「せめて！　技を見てからにしてくれ！」

「エスターに見破られる程度の技で、俺に勝てるとでも？」

「正論すぎる」

フィデスの言い分はもっともです。素直《すなお》に頷《うなず》くほかありません。多分、あの光魔法の虚像を出しても、フィデスならすぐに見破れるでしょう。隙を作ることすらできないでしょうね。というか剣術《けんじゅつ》の師匠と弟子《でし》なのに剣を持たずに殴り合いしていることに関しては、もう何も言わないほうがいいでしょう。二人が疑問に思っていないことを私が指摘しても無駄です、私は悟《さと》りました。

フィデスの右手に頭を鷲摑《わしづか》みにされて締められていても、兄はめげません。まだ文句を言っています。

「せっかく技名も付けたのに」

「お前はそうやって小手先のお遊びばかりして」

「カッコいいだろ？」

「弱い時点で格好よくはない」

「何だよ！　公爵《こうしゃく》なんだからカッコよくないとだめだろ！　みんなの手本になれ、って父さんも言ってた！」

「公爵の言いたいことはそれじゃないと思うぞ。だがまあ」

ぱっとフィデスは右手を離《はな》します。

「剣士や俳優じゃなく、家を継《つ》ぐ気はあるみたいだな」

あ、そうですね。公爵なんだからカッコよくないと、なんて言葉は兄が本心から思っていないと出てきません。少なくとも、カッコいいこと云々《うんぬん》に関して嘘《うそ》は吐《つ》かないでしょう。

剣士でも俳優でも闘牛士《とうぎゅうし》でもなく、兄がちゃんと公爵になるという目標を持っているなら、イヴの言うとおり何を考えていてもかまいません。せめて、そう、父が言っている「みんなの手本になれ」という言葉を今後叶《かな》えてくれるなら、私を含《ふく》め家族は安心できます。

ところが兄はまだ懲りていません。

「だって公爵はカッコよくなるのが仕事なんだろ？　ならやるよ」

「お前ちょっと来い、公爵にその何たるかを説教してもらえ」

「やだ！」

フィデスの腕《うで》から逃《のが》れ、兄は逃《に》げ出そうと試みていました。しかし、逃走《とうそう》は失敗し、今、私の目の前で地面に叩《たた》きつけられて関節を極《き》められています。隣《となり》のイヴが「これは大丈夫なのか」と言いたげな目で私を見てきたので、私はふるふると首を横に振《ふ》りました。考えるだけ無駄です。痛みに耐《た》えかねている兄の叫《さけ》び声がこだましますが、プレヴォールアー家の人々は皆《みな》慣れきっていて誰《だれ》も心配して表に出てきません。それこそがこれまで兄の積み重ねてきた行状の結果、現実です。

私とイヴは、まだ暴れている兄とフィデスを放《ほう》って、もうプレヴォールアー家の屋敷に入ることにしました。そろそろ祖母がおやつを作ってくれている頃合《ころあ》いです、今日は何のケーキでしょうか。タルトかもしれません。

毎日繰《く》り返される日課――我が道を突き進む兄に振り回される私は、地面をごろごろ転がって逃げようとしてフィデスに蹴飛《けと》ばされ、丘《おか》を滑《すべ》り落ちていく兄から目を逸《そ》らし、深く深くため息を吐きます。

「イヴ、私、思うのですが」

「何だ？」

「世の中楽しんだ者勝ちというのでしょうか、楽しめない私は兄に負けている気がします」

私はもう一度、肺の中の空気をすべて吐き出すように、ため息を吐きます。

やはり、わがままであろうと、ああやって好きなことをやって生きるほうがいいのかも、なんて思ってしまいます。だって、今の私は兄の奇行に巻き込まれて苦労させられている側で、兄はああも楽しそうに毎日を過ごしていますから。

「エスター」

「はい」

こほん、とイヴは咳払《せきばら》いをして、はにかんだ表情でこんな提案をしてくれました。

「たまには、お前の楽しいことをしたいんだが……じゃあ、レナトゥス抜《ぬ》きで今度どこかに遠出をしないか？　護衛が必要なら、レナトゥスから解放するためにフィデス師匠《ししょう》に同行してもらえばいい」

イヴとお出かけ、つまりはデートです！　兄は抜き、そこが重要です！　フィデスはかまいません、私たちの邪魔《じゃま》をしたりしませんから。

私は、イヴの提案に全力で喜びます。

「いいアイディア《セテュヌボニデ》だと思います、そうしましょう！　兄は縛《しば》って部屋に閉じ込めておけばいいのです！」

「そこまではしなくても」

「いいえ、兄のことですからまた余計なことをします。王都にまでついてきたほどですから」

「ああ、そうだったな、うん」

「楽しみです！　毎日そういう楽しいことがあればいいのに」

「いや、毎日は飽《あ》きるぞ。たまにだからいいんだ」

「そうですか？　でも私は毎日、イヴとデートしたいです」

私の楽しみ、それを明らかにしただけなのですが、イヴは噴《ふ》き出して、顔から火が吹きそうなくらい赤くなっていました。耳まで真っ赤です。

そうです、私は私で楽しみます。兄に振り回されて楽しくないなんて嫌《いや》です、本人に悪気がないだけに余計に厄介《やっかい》です。だから――今の私の一番の楽しみである、イヴとのデートに行きます。

「今日はもう夕方ですから、明日《あした》デートしましょう、イヴ！　毎日、日課のようにでもかまいません！」

「分かったから、大声を出すな！　ああもう、日課のデートって何だ！」

よし、私は決めました。父に相談して、兄の見張りという役目を終え、自分の楽しみに邁進《まいしん》するのです。日常は自分で変えなくてはいけません。

まあ、正味――双子《ふたご》とはいえ、もう兄離《ばな》れ、妹離れはすべきですよね。

兄が目指すものを、公爵になるにせよ、剣術を極めるにせよ、きちんと見据《みす》えているのなら、私も何になりたいかを考えてもいいかな、と思えてきました。

当面はそう――イヴのために、何かをできる淑女《しゅくじょ》になりたい、そう思います。

ちょっとだけ、大人になった気がした一日でした。

前日談　お城を解雇された母の話［Aurelia］

あるとき、私、エスターは、暖炉《だんろ》の前でくつろぎながら、隣に座る母に尋《たず》ねました。

「ねえ、お母様は昔、王城で働いていたんでしょう？　どうして辞《や》めてしまったの？　それに、王都から遠いド・モラクス公爵領に来て、どんな感じでお父様と結婚《けっこん》したの？」

母はいつものように優雅《ゆうが》に笑って、こう答えました。

「笑わない？」

「笑わないわ」

「それなら、あなたにだけは聞かせてあげるわね。私が今のあなたの年齢《ねんれい》より少しお姉さんだったころ、家のためにたくさんお金が必要で、得意な光魔法《まほう》を使って王城で働いていたの」

私は、母の穏《おだ》やかな語りに、耳を傾《かたむ》けます。

オーレリア・プレヴォールアーが、オーレリア・ド・モラクスになるまで、どんなことがあったのか。私は、わくわくして、母の口から紡《つむ》がれる言葉を待ちます。

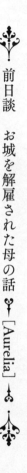

今日も今日とて働きます。

私、ロスケラー男爵令嬢《だんしやくれいじょう》のオーレリア・プレヴォールアーと申します。令嬢と言ってもほぼ名前と書類上の身分だけ、今はない土地の名を冠《かん》する貴族、つまり土地も持たない貧《ひん》乏《ぼう》男爵家の次女です。ただ、私にはちょっとした特技があるので、それを使ってたくさんお給料をもらい、家の財政を支えています。

その特技とは――私は生まれつき、世界でも希少な光魔法の使い手で、このリュクレース王国の王城中の明かりを灯《とも》す仕事を一任されているのです。えへん。

古くは大帝国《だいていこく》の首都として栄え、分裂《ぶんれつ》した今も大陸の一の大国として発展するリュクレース王国は、他国よりもずっと広い王城を持っています。それこそ、端《はし》から端まで歩くと丸一日かかってしまうほどです。

そんな王城のあらゆる場所の明かりを、夜が来るたび点《つ》けたり消したり、それは大変なことです。蠟燭《ろうそく》が何百本、何千本あっても足りません。一つのシャンデリアに蠟燭の火を灯すのだって、鎖《くさり》で下ろして蠟燭を替《か》えて火を点けて……とかなりの重労働で、舞踏《ぶとう》会や晩餐《ばんさん》会のたびにやっていてはお金も人手も追いつきません。もちろん、その贅沢《ぜいたく》を大国としてステータスとしたりもするのですが、現実を見ると経理係が頭を抱《かか》えています。

そこで、私です。毎日魔法を使い、明かりを灯します。化粧《けしょう》をする控《ひか》え室では明るめの白い光を、シックな雰囲気《ふんいき》が必要な晩餐会では蠟燭の火のような暖色系のほのかな明かりを分散させて、大広間では王様に強めのスポットライトが当たるように。そんな微調整《びちょうせい》をしつつ、毎日毎日夕方前には地下二階から地上七階まで歩き回って一階ごとに光を、そして調整が必要な各部屋へ行って、個別に魔法で光を灯します。大変だけど、他人にはない自分の特技が役立っていると思うと、なかなか充実感《じゅうじつかん》のある仕事です。

前日にかけた魔法の効果が切れる午後三時、出勤です。私は王城の通用門から入っていきます。勤めて三年目ともなると門番さんも顔パスです。まず今日の予定表の確認《かくにん》のため、上司である第四経理長・ブレナンテ伯爵《はくしゃく》のもとへ向かいます。

私は王城の一室の扉《とびら》を開け、挨拶《あいさつ》をしました。

「こんにちは、ブレナンテ伯爵」

すると、中にはカールしたお髭《ひげ》の中年の男性が机に向かっていました。私の家と同じ、土地を持たない伯爵家であるブレナンテ家の当主であり、長く王城の官僚《かんりょう》を勤めている方です。同じ土地を持たない貴族同士、私が王城に勤めはじめてからずっと上司と部下の関係にあることから、今では家ぐるみのお付き合いをするほど仲がいいのです。

ブレナンテ伯爵は私に気付き、手招きします。

「やあ、オーレリア。ちょっといいかね」

「はい、何でしょう」

「今日は三ホールをぶち抜きで使った舞踏会があってだね。ちょっと強めの光が欲しいそうだ」

「三ホール……相当明るめじゃないと見渡《みわた》せませんね」

私は王城にある、舞踏会に使えそうなホールを思い浮《う》かべます。一ホールで大体宮廷《きゅうてい》楽団の演奏がうまく聞き取れるくらいの広さです。それが二ホール、三ホールとなるとざっと数百人以上入れるくらいですから、大変な混雑が予想されます。馬車でも乗りそうな大きなシャンデリアが一ホールに三つあり、それらすべてに明かりを灯さなくてはなりません。そんなこと人力では時間がかかりすぎるため、魔法でやったほうが手っ取り早いのです。

「ああ、暗がりがあると警備上でも問題があるし、何より諸侯《しょこう》のお見合いの場でもある。相手の顔ははっきり見えたほうがいい、ということだ」

「あはは、そういうことなら頑張《がんば》りますね」

「それと、今日は各部屋をあまり歩き回らないほうがいい」

「どうしてですか？」

「こういうときは逢《あ》い引きが横行するんだよ。もし見かけたら何事もなかったようにその場を離《はな》れるんだ。いいね？」

「なるほど」

何だか遭遇《そうぐう》するとややこしいでは済まなそうです。私は肝《きも》に銘《めい》じつつ、ブレナンテ伯爵からもらった予定表のとおり、各階の明かりをワンフロアずつ一気に灯し、それから調整が必要な王城の各部屋へ行って光魔法を使うお仕事に取り掛《か》かります。

午後五時、舞踏会に使うホールのシャンデリアへ光魔法を灯しました。手を掲《かか》げると、シャンデリアにはキラキラとした粉末が舞《ま》い踊《おど》り、それが中央に収束して小さな太陽のようになりました。シャンデリアの無数の飾《かざ》りガラスに光が当たり、部屋の中だというのに外のように明るいです。それを繰《く》り返し、やっとホールの明かりを灯す作業が終わってから、私は各部屋の明かりを灯しに回ります。

ところが、です。

そこからは普段《ふだん》どおりのルート巡回《じゅんかい》なので、気を抜《ぬ》いていました。

王城三階の控え室の一つ。使用中の札はかかっていなかったので、私はノックもせずに入ります。

そこに抱《だ》き合った二人の影《かげ》があることに気付いたときには、もう遅《おそ》かったようです。

「き、貴様！　何をしている！」

そんな上擦《うわず》っても上から目線の男性の声に、私は思わず体を震《ふる》わせました。叱《しか》られる、と直感的に分かったからです。

「も、申し訳ございません！　明かりを点けるためまいりました」

そう言って、私は男性の顔を窺《うかが》います。

その顔は、王城に勤める人間なら誰《だれ》もが知っています。この国の第二王子、ユーグ・リュクレース・ジゼルその人だからです。そしてユーグ王子からパッと離れた女性は――誰でしょう。見たことのない顔に、ユーグ王子の存在を忘れて、私は思わずぼうっと眺《なが》めてしまいました。流行の黒の巻き髪に、黄色のドレスです。それ以外の特徴《とくちょう》といえば化粧の濃《こ》いご令嬢、くらいでしょうか。ドレスのご令嬢ですから、不審《ふしん》者ではないはずですが。

すると、女性が勝手に叫《さけ》びはじめます。

「あなた、私たちを誰だと思っているの！　使用人のくせに、わきまえなさい！」

「申し訳ございません、すぐに出ていきます」

どうやら、私は運悪く逢い引き現場に遭遇してしまったようです。ここはブレナンテ伯爵の言いつけどおり、見なかったことにして出ていかねば。

しかし、私が踵《きびす》を返したときには、もう遅かったのです。

すぐに、初老の男性が走って現れました。あっ、まずい。この方は――。

「何だ？　何があった？」

威厳《いげん》たっぷりの、リュクレース王国宰相《さいしょう》ウォールドネーズ閣下です。ああ、舞踏会の準備ができているかの確認のために、御自《おんみずか》ら見回っていたのですね。たまに私はお会いして挨拶するので、よくそのお顔は存じています。名宰相と名高いお方で、なのに使用人にさえ偉《えら》ぶった態度を取らないため、下手をすると国王よりも人気のある人物です。

そして宰相閣下はユーグ王子と女性を睨《にら》みつけ、とても冷たい声を発しました。

「これは、ユーグ王子に、アフリア侯爵令嬢《こうしゃくれいじょう》ソランジュ様。はて……ユーグ王子、今日エスコートする婚約者《こんやく》のフィリア公女殿下《でんか》はいずこに？」

「そ、それは」

「まさか、ソランジュ様と逢い引きをなさっていた、などと申しますまい？」

完全に、宰相閣下はユーグ王子を咎《とが》めています。ユーグ王子、婚約者がいるのに他のご令嬢に手をつけていたのですね。うわあ、と私は心の中で軽蔑《けいべつ》します。浮気《うわき》男とか勘弁《かんべん》してください。

宰相閣下は目を逸《そ》らしてうつむく二人を放《ほう》って、私へ向き直ります。

「おい、君。もう下がっていい、仕事に戻《もど》りなさい」

「は、はい」

助かった、と私は急いで控え室を立ち去りました。

その後も私は黙々《もくもく》と仕事を続け、午後八時には家へ帰り、ブレナンテ伯爵からもらった大きなハムを母に渡《わた》して夕食にありつきました。ブレナンテ伯爵、我が家の窮状《きゅうじょう》を知っていて何かと都合してくれる、いい人なのです。

ただ、ブレナンテ伯爵も一官僚、上の命令には逆らえません。


数日後のことです。

いつもどおりブレナンテ伯爵のもとにやってきた私は、予想外の通告に度肝《どぎも》を抜かれました。

「すまん、オーレリア。君を解雇《かいこ》しなくてはならなくなった」

いきなりの話に、私は慌《あわ》てます。

「ど、どういうことでしょう？　私、何かしましたか？」

「……君は悪くないと思うんだがね。ダキア王妃《おうひ》がユーグ王子から君を解雇するよう進言を受けた、というんだ」

は？

ダキア王妃、ユーグ王子の生母である現国王の第二妃《ひ》です。あ、ピンと来ました。ユーグ王子、先日の逢い引き現場で思いっきり宰相閣下から咎められていました。

まさか、その腹いせに私を解雇するよう母親へ言いつけた？　なんと格好悪い話でしょう。

ブレナンテ伯爵《はくしゃく》は頭を抱《かか》えています。

「それで、王妃の寵愛《ちょうあい》を受けた官僚からこの通告だ。もちろん抗議《こうぎ》はしたさ、だが」

抗議をしてもだめだった、と。

それはもう、仕方がありません。私はがっくり、と肩《かた》を落としました。ただ、ブレナンテ伯爵にはよくしてもらいましたし、ちゃんと説明しておかなければなりません。

「あの、申し訳ございません。私、先日ユーグ王子とご令嬢の逢い引き現場を見てしまって」

「ああ、それか。それで、なのか？　たかがそんなことで解雇……馬鹿《ばか》馬鹿しい」

はあ、とブレナンテ伯爵は思いっきりため息を吐《つ》きました。ですよね、と私は相槌《あいづち》を打ちます。

確かに、ユーグ王子の、自分に恥《はじ》をかかせたのだから照明係程度辞《や》めさせてやる、という考えは、下々の者からすれば非常に馬鹿馬鹿しいかぎりです。滅多《めった》に代わりのいない光魔法《まほう》の使い手を手放すなんて、と王城の管理の実務を知る人々からすれば必死に再考を促《うなが》したくなることですが、王子の体面と前時代的な不便を天秤《てんびん》にかけたとき、前者を取るのが王侯《おうこう》貴族の考え方です。体面や誇《ほこ》りが第一の王侯貴族にとっては、実務が云々《うんぬん》、不便が云々など下々の考えることですからね。彼らからすれば、光魔法などなくとも蠟燭《ろうそく》で代わりになるだろう、それ以上のことは考えません。

そのあたり、ウォールドネーズ宰相閣下は反対してくれなかったのだろうか、とも思いましたが、ひょっとするとまだ知らないのかもしれませんね。お忙《いそが》しい方です、何とか解雇通告の撤回《てっかい》を訴《うった》えようにも捕《つか》まらないでしょう。それに──こんな面倒《めんどう》ごとに宰相閣下を巻き込めば、ユーグ王子とその取り巻きと対立してしまって、政治的にとてもややこしい問題が勃発《ぼっぱつ》しかねません。そんなことになるくらいなら貧乏《びんぼう》貴族の令嬢の首で済ませよう、と差し出されたってておかしくないのです。ああ、真実はそうかもしれませんね、うん。

そこまで考えれば、私はこの状況《じょうきょう》を大人しく受け入れざるをえませんでした。

「仕方、ありませんね。分かりました、今までお世話になりました」

「すまんね。あとでご実家に少しでも援助《えんじょ》をしておくから」

「はい、ありがとうございます。お給金も、直接実家に送っていただけると助かります。私、急いで次の仕事を見つけに走りますので」

「分かった、やっておく。まったく、君の代わりなんてそうそういないというのに」

もう一度、ブレナンテ伯爵はため息です。上から言われるとそのとおりにしなければならない宮仕えの苦労がありありと浮《う》かんでいます。完全に私のせいです、かわいそうなことをしてしまいました。

申し訳ない気持ちを胸に、私は頭を下げます。

「今までありがとうございました。それでは、失礼します」

とぼとぼと、私は帰路につきます。

せっかくの高給のお仕事だったけど、どうしようもない。他の仕事を見つけて、家が傾《かたむ》かないよう働かなければいけません。うちは私の他には騎馬《きば》警察官の父と兄しか働ける人間がおらず、使用人も雇《やと》えない有り様です。ほぼ私のお給料で家を維持《いじ》してきたようなものですから、何とかしなくては。

嘆《なげ》いていてもどうにもなりません。私は、とりあえずは知り合いの令嬢たちに仕事先はないかと声をかけるため、高級住宅街に走りました。

その一週間後のことです。

私は王都から離《はな》れ、西のド・モラクス公爵《こうしゃく》領にやってきました。西の玄関《げんかん》口とも呼ばれるほど広大な領地を誇る、リュクレース王国有数の貴族であるド・モラクス公爵家が、魔法の使い手がいれば我が領地で雇いたい、という旨《むね》の話をしていたと伝え聞いたのです。

私は一縷《いちる》の希望を見出《みいだ》しました。都ではすでに私の解雇理由について謂《いわ》れのない憶測《おくそく》が広まっていて、デバガメをした、などと噂《うわさ》されていたのです。その噂、婚約者以外と逢《あ》い引きしたユーグ王子が悪いに決まっているのに、どうやらユーグ王子も皆《みな》も私を悪者にしたいようです。そうなっては王都で仕事を見つけることは難しそうです。魔法を使わなくても何かないかと思いましたが、あいにく貴族に関《かか》わる仕事でなければ家を保つほどのお給料をもらえない、という現実がありました。

となれば、王都を離れるしかありません。出稼《でかせ》ぎです。

私はいくらか家財を売って用立てたお金で、馬車を乗り継《つ》ぎド・モラクス公爵領にやってきました。そのまま公爵家のお屋敷《やしき》へ直接向かいます。

どこまでも続きそうな天に伸《の》びる鉄格子《ごうし》の柵《さく》の横を歩き、やっと見えてきた大きな門の前にいる門番さん二人へ、私は用件を伝えます。

「あの、ド・モラクス公爵家が魔法の使い手を探している、という話を聞いてやってきました。私はロスケラー男爵《だんしやく》家のオーレリア・プレヴォールアーと申します。光魔法が使えます」

すると、二人の門番さんは快く取り次いでくれました。屋敷から侍従長《じじゆう》が来るから休んでいなさい、と椅子《いす》まで貸してくれたのです。いい人たちです。

太陽が少し傾くくらい待って、ようやく屋敷のほうから蝶《ちよう》ネクタイをつけた白髪《しらが》交じりのおじさんがやってきました。ピンと背筋がまっすぐで、いかにも仕事ができそうな雰囲《ふんい》気《き》の方です。

「お待たせして申し訳ない。ド・モラクス公爵家侍従長のサヴィルと申します。さ、中へ。歩きながら話をしますので」

「はい。お邪魔《じゃま》いたします」

サヴィル侍従長に先導されて、私はド・モラクス公爵家の屋敷にやっと足を踏《ふ》み入れました。

サヴィル侍従長は庭の砂利《じゃり》道を歩きながら、丁寧《ていねい》に私へ説明をしてくれました。

「当家が魔法の使い手を募集《ぼしゅう》していることは事実です。何せ、これだけ広大な屋敷と領地を持っていますので、いくら人手があっても足りないほどです。そこで、現当主のモルガン様が魔法の使い手を優先的に集めるようにとお達しを。しかし、魔法の使い手といえば古い家柄《いえがら》の貴族が抱えて、そう簡単に他家へ流出させません。外国から集めるにもなかなか上手《うま》く行かず、困り果てているところでした」

なるほど、そういうことなら私の光魔法も役立てるかもしれません。私は自分を売り込みます。

「私は、先日まで王城の明かりを灯《とも》すお仕事をしていました。光魔法が得意で、各部屋に合わせた微調整《びちょうせい》もできます。お申し付けくだされば、如何様《いかよう》にもできるかと」

「おお、そうですか。それはよかった。ふむ」

サヴィル侍従長は少し、考え込んでいました。最初は光魔法など使えない、と言われるのではないかと私は冷や冷やしていましたが、屋敷の中へ招かれたのでどうやら違《ちが》うようです。

ド・モラクス公爵家は、王城と遜色《そんしょく》ないほど立派なお屋敷をお持ちでした。さすが国内有数の貴族です、うちみたいな末端《まったん》の末端とは雲泥《うんでい》の差です。

サヴィル侍従長に連れられて、私は薄暗《うすぐら》い廊下《ろうか》を歩いていきます。明かりが少ない、と思って周囲を見回すと、蠟燭の明かりが天井《てんじょう》付近にありました。なぜそんなところに、と考えている間に、目的地に到着《とうちゃく》です。

オークの扉《とびら》が開き、サロンと見紛《みまが》うような高価な調度品の飾《かざ》られた部屋――ですが、窓がありません。こちらも部屋の四隅《よすみ》と天井近くに蠟燭の明かりがあり、中央の執務《しつむ》机に着く白銀の髪《かみ》を持った青年とは距離《きょり》がありました。

「モルガン様、こちら、光魔法の使い手のオーレリア嬢《じょう》です。当家の募集を聞き、はるばるまいられたとのことです」

モルガン、と呼ばれた青年は、可憐《かれん》な花のように微笑《ほほえ》みます。赤茶色の瞳《ひとみ》に白い肌《はだ》、銀の髪、細面《ほそおもて》ながらも整った顔立ちのお方です。

ド・モラクス公爵家当主モルガン、その人は声を弾《はず》ませていました。

「光魔法。君、それは本当か？」

私は頷《うなず》きます。

「はい、何か明かりを灯してみせましょうか？」

「では、このランプに灯して見せてくれ」

「分かりました、お借りしますね」

私は執務机の上にあった、シェード付きのランプに近づきます。

右手を伸ばし、ランプの笠《かさ》に触《ふ》れました。

すると、ぽう、とランプの中が明るくなります。暗がりは意図してのことでしょうから、あまり明るくしないほうがいいでしょう。私は青白い、月の光をイメージします。

私が一歩下がると、モルガンはおもむろに、ランプを手元に引き寄せてまじまじと眺《なが》めていました。その様子を見て、どこか緊張《きんちょう》した面持《おも》ちのサヴィル侍従長が尋《たず》ねます。

「モルガン様、いかがでしょうか？　お目のほうは」

「ああ、大丈夫《だいじょうぶ》だ。不思議だな、熱さを感じないし、目が眩《くら》まない」

不思議、という言葉に私が首を傾《かし》げていると、モルガンは穏《おだ》やかな様子からは一変して、はしゃいで私へと笑顔《えがお》を見せました。

「オーレリア。どうか、ド・モラクス公爵家に滞在《たいざい》してくれないか。君の力が必要だ」

そこまで言われて私としては好都合といえば好都合なのですが、そんなに歓迎《かんげい》されるほどのことでしょうか。

ですが、そこには深い事情があったのです。

「その前に、説明しておこう。僕は生来、力素《マナ》に弱くてね。火は使わなければいいし、水は煮沸《しゃふつ》消毒すれば飲めるが、光だけはどうすることもできない。外に出るには肌の露出《ろしゅつ》を避《さ》けて、サングラスが欠かせない。熱にも弱くて、すぐに爛《ただ》れてしまう。冷涼《れいりょう》な気候の領地からは出られなくてね」

蠟燭《ろうそく》の明かりの熱さえも苦手なんだ、とモルガンは白状します。

屋敷内の遠ざけられた蠟燭、薄暗い屋内は、モルガンのためだったのです。そういう事情があるなら、確かに光魔法《まほう》は有用です。太陽の光のように肌や目を焼く光ばかりではなく、力素《マナ》を遠ざけ、様々な光の性質を操作することだってできます。

「でしたら、お役に立てるかと。種類にもよりますが、魔法による光はほとんど熱を伴《ともな》いませんし、光量の調節もできます。お任せください」

そういうわけで、私はド・モラクス公爵家のお屋敷で働くことになりました。これで実家に仕送りもできます、安心安心。

私が再就職したド・モラクス公爵邸《こうしゃくてい》はとても広く、二階はないのですが、元は一族が暮らしていたせいで何棟《むね》にも分かれていたり、当主モルガンの部屋一帯は太陽の光が入り込まないよう厳重に壁《かべ》や窓に工夫《くふう》が施《ほどこ》されているため、ちょっと特殊《とくしゅ》な構造をしています。

それでも王城よりは狭《せま》いので、光魔法で明かりを灯していく仕事も、歩き慣れれば私にとっては大した手間でもありません。それに、王城よりも繊細《せんさい》なコントロールを必要とされるため、私の光魔法も上達している気がします。それはそれで嬉《うれ》しいのです。

私は観音扉《かんのんとびら》を一枚、引き戸を二枚開けて、ド・モラクス公爵家当主モルガンの寝室《しんしつ》に入ります。窓一つない部屋では、すでにサヴィル侍従長とメイドが暗く調整したランプを明かりにモルガンを起こし、身支度《みじたく》を整えさせるための準備をしていました。

「おはようございます、モルガン様。明かりをお点《つ》けしますね」

私はすぐに、扉の横の壁に触れて、ほのかに光る細い線を部屋全体へと伸ばします。徐々《じょじょ》に明るさを上げていき、互《たが》いの顔が問題なく見えるくらいで止めます。いきなり明るくするのは目に悪いので、しばらくはこのままです。

メイドがランプを消し、私はベッド脇《わき》のナイトテーブル上にある百合《ゆり》の大輪を模したランプの笠に、穏やかなオレンジ色の明かりを灯しました。これで皆《みな》、滞《とどこお》りなく仕事が始められるというものです。

ベッドに腰掛《こしか》けていたモルガンが、私へ挨拶《あいさつ》します。

「やあ、おはよう、オーレリア。朝早くからありがとう」

「いいえ、どういたしまして。あ」

そのとき、私は気付きました。

ナイトテーブルには、温かい紅茶のカップが置かれていたのです。私の魔法は、カップまで光らせ、紅茶も波打ちながら輝《かがや》いています。紅茶があることに気付かなかったので、ついそちらまで力を込めてやりすぎました。これは恥《は》ずかしいです。

しかし、モルガンは笑っていました。冗談《じょうだん》まで飛び出します。

「光るお茶なんて斬新《ざんしん》だね」

「申し訳ございません、すぐに消します」

私が再度手を伸《の》ばそうとしたところ、モルガンが制しました。

「謝ることはないよ。いつか見た、湖面の月のようだ」

そう言われてしまっては、私はまた紅茶の水面をまばたきをしながら見てしまいます。

百合の大輪のランプの光は、光る水面に影《かげ》を落としていました。人々の呼吸さえも静まり、しばし皆で鑑賞《かんしょう》します。

二つの光の重なりは、白く輝いて、カップの縁《ふち》には沿うように丸く影が落ち、水面は生きているかのようです。穏やかに、波は収まりますが、初めは形も定《さだ》かだったランプの光は、やがて水面の光と混ざっていきます。

私は、一緒《いっしょ》に眺めていたモルガンへ、こう語りかけます。

「私、湖も海も見たことがございません」

「ここから北西に湖水地方がある、その先は海だ。以前、療養《りょうよう》のために行ったことがあるんだ」

「まあ、そうなのですね」

「療養自体は効果はなかったんだけどね。それでも、いつもと違う夜の景色に見惚れたものさ」

懐《なつ》かしげに、上機嫌《じょうきげん》に、上品に微笑んで、モルガンは立ち上がりました。サヴィル侍従《じじゅう》長が揃《そろ》えた衣服を受け取り、鏡の前へ行こうとしていた——のですが、私はふと、思いついたことを口にしました。

「短時間なら、モルガン様を昼間に外出させることはできるかもしれません」

その言葉に、モルガンだけでなく、サヴィル侍従長まで振《ふ》り返りました。

私は自分の両手を見ます。

手の中に、きらりと光る、極小の光の粒《つぶ》。それは、それ自体が光を発しているのではなく、『周囲の光を取り込んで外部へ向けて光る』性質を持たせたものです。私は決して魔法研究の専門家ではありませんが、私の光魔法でできることというのは、案外途轍《とてつ》もなく広範囲《こうはんい》に及《およ》ぶのではないか、そう思って、太陽の下に出ることが叶《かな》わぬ願いであるモルガンのために、この光魔法を活用する方法を日々考えてきました。

その結果、私はこんなことを思いつきました。壁や天井《てんじょう》、ランプなどそのものを光らせる魔法、それだけではなく、光というものそれ自体を操作できるのではないか、光をただ明るいものではなく、目に見えるような物体としてそこに存在させることができるのではないか。その結果、私は光を発するだけが光魔法ではなく、物体の光に関する性質を操作することができるようになりました。

今、私が光魔法をかけたのは、空気中の『何か』。漂《ただよ》う埃《ほこり》かもしれませんし、ごく軽い水分かもしれません。それに光魔法をかけ——重さは足されていないはずですが、存在感は確実に増えています——常とは違《ちが》う役割を持たせました。これを、モルガンへ差し出します。

不思議な光の粒は、モルガンの手のひらに乗りました。そのまま少しの間は光っていて、部屋の中では光が弱いせいか、やがて消えてしまいました。

私は、これをどうするか、どうやって活用するかの説明をします。

「要するに、これを大量に体にくっつけて、太陽の光を遮《さえぎ》ればいいのです。衣服や髪《かみ》、皮膚《ひ ふ》にこれを被《かぶ》せ、ちょうど、泡《あわ》で包むように。光は作り出した光の粒が吸収して、外を照らします。それだけではおそらく内部は暗くなるので、別の私の作った光を置きます。これで、何とか」

理論上は、太陽の光を浴びられないモルガンを、外出させることができるはずです。

それはきっと、難しいことだろうけれど、可能性を見出《みいだ》したのなら求めていきたい。

おそらく、モルガンはその原理を理解してくれたはずです。馬鹿《ばか》にするでも呆《あき》れるでもなく、真剣《しんけん》な面持ちをしていました。

私は慌《あわ》てて、希望を持たせすぎないよう、一応言い訳をしておきます。

「あ、でも、練習しないと確実なことは言えません。それに、万が一のときのために、こうした手段を開発しておいたほうがよろしいかと思っただけで」

うん、とモルガンは頷《うなず》きます。

「そうだね。ぜひとも頼《たの》みたいところだが……外に出たいと思うたび、いつも君に迷惑《めいわく》をかけるわけにはいかない」

「そんな、迷惑だなんて」

「大丈夫、僕は今のままでも満足している。そうだな、昼間に火事でもあったら避難《ひなん》しなくてはならないから、そのときのために暇《ひま》があれば練習しておいてもらえるかな。非常事態に備えることも大事だからね」

やっぱり、モルガンは私の言いたいことをすべて理解してくれているようです。

私は嬉しくなって、モルガンの笑顔《えがお》に応《こた》えるように一礼をしました。

「はい、お任せください。それもお仕事のうちですから」

私は支度の邪魔《じゃま》をしないよう、部屋を後にしました。

よし、もっと技術を磨《みが》いて、理論を実現させられるように頑張《がんば》ろう。モルガンのために、そう思えることが、何よりも幸せでした。

その二週間後のことです。

私は毎日、仕事の合間に例の光の粒について練習を重ねていますが、少しずつ形になってきたような気がします。大きくぼやけていた光の粒を、さらに小さくすることで目に見えないほどの粒子《りゅうし》とすることに成功しました。光魔法《まほう》をかけるのにちょっと手間はかかりますが、そのほうが自然でしょう。

それはともかく、何だか屋敷《やしき》の中が騒然《そうぜん》としています。白銀の鎧兜《よろいかぶと》をまとった騎士《きし》の姿がそこかしこに見えるのです。普段《ふだん》なら門番の方々くらいしか鎧など着ないのですが、今日はド・モラクス公爵《こうしゃく》が持つ、領内の治安を維持《いじ》するための騎士団の面々が呼び出されているようでした。

一体何が起きているのか、歩き回っているサヴィル侍従長を引き止め、それとなく尋《たず》ねます。

「あの、サヴィル侍従長。何だか今日は、物々しい雰囲気《ふんいき》ですね」

すると、サヴィル侍従長は私を別棟《べつむね》へ続く廊下《ろうか》のほうへ誘導《ゆうどう》します。

「オーレリア様、ちょっとこちらへ」

「は、はい」

忙しそうな騎士たちを避けて、私は廊下の隅っこでサヴィル侍従長からこっそりこう耳打ちされます。

「今日は大事なお客様がいらっしゃいます。あなただけでなく、他《ほか》の使用人たちもお客様の前には最低限の人員しか出ないように、とモルガン様は仰《おお》せです。騎士たちはその一環《いっかん》で警護に駆《か》り出されているだけですので、ご心配なく。何、別棟でお茶をしていれば終わります」

なるほど、そういうことでしたか。大貴族には色々な事情を持つ賓客《ひんかく》が訪ねてくるのでしょう。王城でも似たような件はありましたし、何より私が招かれざる客と会ってしまって一度失業したわけですので、今回はちゃんと忠告を聞かなくてはなりません。

「分かりました、ではお茶をいただいてまいりますね」

「ええ、ごゆっくり。終われば知らせにまいりますので」

そういうわけで、私は別棟に移動したメイドたちを追いかけて、お茶会のお誘《さそ》いをすることにしました。たまに見知ったメイドたちと、紅茶とクッキーを用意してキッチンの端《はし》っこでささやかなお茶会をするのですが、今日は堂々とお茶会をすることができます。皆《みな》、喜ぶでしょうか。私は心弾《はず》ませて、別棟へ向かいました。

オーレリアを別棟へ誘導することに成功したサヴィル侍従長《じじゅう》は、己《おのれ》の本来の仕事に戻《もど》る。

これで屋敷の本棟《とう》には給仕《きゅうじ》の必要最低限の人員のみ残し、警備の騎士たちが闊歩《かっぽ》しても問題ない。彼らには十全に働いてもらわなくてはならない、ことが穏《おだ》やかなうちは威圧《いあつ》を、ことが荒立《あらだ》てば実力行使を。そのためにド・モラクス公爵家が持つ武力であり、彼らはたとえ王国に弓引くことになったとしてもモルガンに従うだろう。それだけの人材を抱《かか》え、なおかつモルガンは彼らの忠誠を勝ち得ている。

サヴィル侍従長は、やってきた一人の騎士に声をかける。肩《かた》にド・モラクス公爵家の家《か》紋《もん》が入ったケープをかけた、一際大柄《ひときわおおがら》な騎士だ。

「さて。準備はどうだね？」

「万全《ばんぜん》を期している。心配無用だ、侍従長。たとえ王国騎士が来ようとも、モルガン様には指一本触《ふ》れさせせぬよ」

「頼もしいかぎりだ。期待しているよ、イールヴ騎士団長」

サヴィル侍従長は騎士イールヴと軽く拳《こぶし》を合わせ、それぞれ配置につく。

サヴィル侍従長の配置とは、もちろん——ド・モラクス公爵家当主モルガンのそばだ。

モルガンの寝室《しんしつ》から繫《つな》がる応接間へ、恭《うやうや》しく礼をして入る。すでにそこには客を招き入れている。茶を出してもてなし、給仕の役目を終えたメイドたちをサヴィル侍従長は下がらせた。数名の騎士が残され、サヴィル侍従長もモルガンのそばへ近づき、モルガンへ準備は済ませた旨《むね》を無言で伝える。

ソファに腰《こし》かけるモルガンと相対する、一人の青年がいた。リュクレース王国第二王子、ユーグ・リュクレース・ジゼルだ。居丈高《いたけだか》な、高慢《こうまん》さを隠《かく》しきれていない態度で、遠路はるばる来てやったのだと言わんばかりにソファでふんぞり返っている。

その、遠路はるばる来る羽目になった理由は情けないことこの上なく、外聞が悪いため、ド・モラクス公爵家は最低限の礼儀《れいぎ》として人払《ひとばら》いをした上で警備のため騎士たちを配置しての出迎《でむか》えをしているのだが、ユーグがそれを気にするふうはない。むしろ、どうしても窓がなく薄暗《うすぐら》い部屋——モルガンにとっては、オーレリアが灯《とも》した目に負担のない光量の光がちょうどいい——に嫌気《いやけ》が差す、と不機嫌《ふきげん》そのものだ。

「辛気臭《しんきくさ》いところだな。こんなところで生活をしているのか」

ユーグのいきなりのご挨拶《あいさつ》に、モルガンは顔色一つ変えない。ただし、笑顔はなく、そこには礼儀を失さない程度の硬《かた》い表情があるばかりだ。

「王城よりは退屈《たいくつ》しませんよ。それで、手紙のご用件でまいられたのでしょう、ユーグ殿《でん》下《か》」

モルガンの軽い嫌味《いやみ》と、わざと返答を遅延《ちえん》させせられ痺《しび》れを切らしてやってきた相手への慇懃《いんぎん》無礼な様子に、ユーグは内心はらわたが煮《に》え繰《く》り返っていることだろう。それはサヴィル侍従長にさえ分かるほど、ユーグが口を歪《ゆが》め、モルガンを睨《ね》めつけたことで明らかだ。

ユーグはよく言えば単刀直入に、悪く言えば前置きもなく失礼に、急いで本題へと入る。

「あの光魔法の使い手を返せ。あれがいなくて王城は混乱をきたしている」

モルガンは、ユーグを咎《とが》める目線で見る。ユーグとしては、どこに咎められる理由があるのか、と意味をまったく分かっていないだろう。この期《ご》に及《およ》んで、オーレリアの名前さえも憶《おぼ》えず、あの光魔法の使い手、としか認識《にんしき》していない。その価値を分かっていないのだ、と喧伝《けんでん》しているようなものだ。

無論、そんな要求をモルガンが受け入れる道理はない。

「お断りします。彼女は王城から追放され、我が家で雇《やと》ったのです。すでに他の使用人と同様、かけがえのない存在です」

断固として断られたにもかかわらず、ユーグは食い下がる。

「それを言うなら王城もあれがいなくなって困っている。よく考えてみろ、一の大国の王城が暗がりのままでは、リュクレース王国貴族たちの名誉《めいよ》にも関《かか》わるぞ」

「そのおっしゃりようは筋が通りません。であればなぜ、解雇《かいこ》なさったのですか」

そこでやっと、ユーグは口をつぐんだ。墓穴《ぼけつ》を掘《ほ》るまいとしているようだが、もう遅《おそ》い。

モルガンはその隙《すき》を見逃《みのが》すほど、ましてやユーグほど間抜《まぬ》けではない。ユーグを理詰《りづ》めで追い込んでいく。

「彼女は何も語りません。あなたの名誉は守っています。しかし、あなたは彼女の名誉を守ろうとしていない。これはフェア《セ　ン　ユ　ス　タ》ではありません」

「下級貴族が王族に敬意を払《はら》うことは当然だろう。何より、あれは無礼を働いたからこそ、王城を追放されたのだ。それを帳消しにして、王城に再び籍《せき》を置くことを許すというのだぞ」

「無礼《アンスユルテ》。無礼とは、一体？　彼女は誰《だれ》へどんな無礼を働いたというのです？　この部屋に篭《こも》っていても、聞こえてくる風の噂《うわさ》によれば、殿下こそ無礼を働いたのでしょう、婚約《こんやく》者たる女性へ」

こほん、とサヴィル侍従長が咳《せき》をした。おっといけない、とモルガンは顔を引き締《し》める。狩《か》りで獲物《えもの》を追い詰《つ》めるときは、狩人《かりゅうど》はつい無意識に笑ってしまうものだからだ。もちろん、モルガンはその気持ちを隠すつもりもなく、獲物へとその自覚を認めさせせんとしてのことだが。

案の定、モルガンに追い詰められた獲物、ユーグは簡単に立腹し、両手でテーブルを思いっきり叩《たた》く。

「黙《だま》れ！　それらをなかったことにする、と言っているのだ！」

「過去は消せません、殿下。あなたの過《あやま》ちも、一度下した決断も、王都を去ると決めた彼女の心も、変えようがないのです」

モルガンはユーグを意にも介《かい》さない。サヴィルがテーブルから落ちたカップとソーサーを拾って、部屋の隅に置かれているカートへ置いた。速《すみ》やかに布巾《ふきん》でテーブル上の茶を拭《ふ》き、すっと身を引く。

その時間は、ユーグを落ち着かせるための猶予《ゆうよ》だ。これ以上、怒《いか》りに任せ、ユーグに王族らしからぬ態度を取らせるわけにはいかない。それは最低限、モルガンがリュクレース王国の貴族であるからその王族の体面を守る、義務のようなものだ。余裕《よゆう》ある立場だからこそ、それができる。しかし、どれほど心を砕《くだ》こうと、ユーグは『王族に敬意を払うことは当然』と見做《みな》すだろう。それでは話は進まない、少なくともモルガンはユーグよりも大人だ。年齢《ねんれい》ではなく、温室育ちの王子とは違《ちが》い、部屋に篭りながらも公爵領《こうしゃく》を経営する手腕《わん》を持つ統治者として、一国にも匹敵《ひってき》する経済と外交を担《にな》う実務家として、身分の分け隔《へだ》てなく心配りと思いやりのある人間として、はるかに経験は上なのだ。

そのモルガンは、冷たく言い放つ。

「あなたがこれ以上、ド・モラクス公爵家の名誉を踏《ふ》みにじる真似《まね》をなさるというのなら、こちらにも考えがあります」

それは、事実上の最後通告だ。この一線を越《こ》えれば、事を大きくせざるを得ない、という意思表示でもある。話し合いによって解決するうちに落とし所をつける、それがモルガンのユーグへ差し伸《の》べた慈悲《じひ》の手だ。

だが、それをユーグは前向きに受け止めることはしなかった。彼のプライドがその認識を持たせなかった。

「脅《おど》す気か」

「いいえ。脅されたのなら、それに返すまでのこと、と申し上げております」

もはや、ユーグの守るべき体面は、本人の手によって粉々に砕かれた。

ユーグは激昂《げきこう》して、モルガンを指差し、罵倒《ばとう》する。

「太陽の下にも出られない吸血鬼《きゅうけつき》の分際で、よくも王族に唾《つば》を吐《は》くものだ！　これは国王直々の御下命《ごかめい》だ、何としてでも光魔法《まほう》の使い手を王城に戻《もど》せ！　いいな⁉」

ぜえぜえと、肩で息をしながら、ユーグは赤らめた顔でモルガンを見る——が、モルガンは涼《すず》しい顔を崩《くず》さない。何ら、モルガンには傷の一つも付いていない。ユーグの言葉程度では、ド・モラクス公爵家当主モルガンは、揺《ゆ》らぐことなどない。

しかしだ——なるほど、言うに事欠いて吸血鬼という罵倒、王城ではモルガンを貶《おとし》めるときに使われている言葉だろう。であれば、モルガンはそれを見逃すことはできない。たとえ公爵という貴族の最高位にあっても、侮《あなど》りを見過ごし体面を傷つけられても黙っている、と思われては終わりだからだ。

その対処に、モルガンは一計を案じた。

「初めに申し上げたとおりです。お断りします」

さらに、モルガンは続ける。

「それに、僕は太陽の下に出られますよ。お見せしましょうか」

それを聞いたユーグは、懐疑《かいぎ》と驚《おどろ》きの目を向ける。太陽の下に出られない病弱な公爵という話ではなかったのか、と困惑《こんわく》している様子がありありと伝わってくる。

モルガンの後ろに控《ひか》えていたサヴィル侍従長には、モルガンの発言の意味がはっきりと分かっていた。

オーレリアの光魔法、あれを使うのだ。

ちょうど別棟《べつむね》でのお茶会が終わったころ、サヴィル侍従長《じじゅう》が私を呼び出しました。何だろう、と私がモルガンの部屋の応接間へ行くと、予想外のことを告げられました。

「今、外にいるユーグ王子へ、僕が太陽の下に出られることを示したい。短時間でいい、先日聞いた、君の魔法の力を貸してくれないか？」

ユーグ王子、と言われて何だか遠く昔に聞いたような名前だな、と思いましたが、それはどうでもいいので、とにかく私は磨《みが》いた光魔法の技術でモルガンの役に立てるなら、と喜んで引き受けます。

「分かりました、できるかぎりのことはやってみせます」

私はモルガンの横に立ち、胸元《むなもと》に手をかざします。光魔法を行使する手のひらへと、光の筋が風に舞《ま》うリボンのように収束していきます。

モルガンがその身にまとう、すべての物質を感覚的に認識します。埃《ほこり》一つ逃《のが》さず、爪先《つまさき》まで、髪《かみ》の毛一本まで、私の魔法に関わる全神経を集中させます。そこにあるものすべてに、『周囲の光を取り込んで外部へ向けて光る』性質を付与《ふよ》するのです。必ずしも、取り込んだ光がそのまま外部へ同じ光量で出るわけではなく、光の明るさはかなり減衰《げんすい》しますし、一部はそのエネルギーを魔法の維持《いじ》にも使います。その仕組みは万全《ばんぜん》に作ってみたはずですが、上手《うま》く動作したとしてもどこまで効果が続くのか、それは私も実験していないため分かりません。しかし、モルガンのためです、全力を尽《つ》くします。

同時に、モルガン自身へほのかに、かつ自然に光る魔法をかけます。これも明るすぎては不自然ですし、中にいるモルガンが眩《まぶ》しいので、微調整《びちようせい》が必要です。ただ、それは難しいものの、私としては腕《うで》が鳴るところです。

二つの魔法を同時に、全身を隙間《すきま》なく、かつ極限まで薄《うす》く形成する。不安はありません、私はできると信じていますし、知っています。光魔法の使い手にもっとも必要なのは、理論だけでなく、技術や魔法の強さだけでなく、自分には可能なのだという自信です。それがそのまま魔法の確実性に繋《つな》がるのです。

ふう、と私は息を吐きました。かざした手を離《はな》し、できたはず、という感覚は得られました。モルガンの全身を見回します。ごく自然に、魔法をかけたことは分からない程度になっているはずです。私はサヴィル侍従長へ目配せします、どうですか、と。

すると、サヴィル侍従長は大きく頷《うなず》きました。これでいい、私とサヴィル侍従長はモルガンへ向き直ります。

「これで大丈夫《だいじょうぶ》だと思います。しっかり、魔法をかけておきました」

モルガンは、満足そうです。

「ああ、ありがとう。いきなりですまないね」

「いいえ、でも、考えたばかりの魔法です、ご無理はなさらないでください。目や肌《はだ》に異常を感じたなら、すぐにお申し付けを」

私の心配を、モルガンは微笑《ほほえ》んで受け止めます。

ここから先は、自分の仕事だ、とばかりに、モルガンは身を翻《ひるがえ》して外へ向かいます。

私は姿を見せないよう距離《きょり》を置いてついていきました。ユーグ王子――今思い出しました、私を王城から追い出した張本人ですね。ここの生活がよすぎてすっかり忘れていました――が無茶振《ぶ》りをしたのだろう、と察したので、魔法の仕掛《しか》けを知られないほうがいいと思い、私は姿を見せません。建物の陰《かげ》からこっそり様子を窺《うかが》います。
サヴィル侍従長と騎士《きし》たちを引き連れ、モルガンは、屋敷《やしき》から外へ一歩を踏み出しました。

本来なら、力素《マナ》を多く含《ふく》む太陽の光は彼の体をひどく焼いてしまいます。銀の髪に白い肌は、太陽の呪《のろ》いとも夜の女神《めがみ》の恩寵《おんちょう》とも呼ばれています。公爵家の嫡子《ちゃくし》という生まれだったからこそ、彼は今まで力素《マナ》から遠ざけられ、太陽に焼かれる恐怖《きょうふ》に怯《おび》えることなく、比較的《ひかくてき》不自由なく暮らせて、その才能を発揮できたのでしょう。しかし、いくら権力があっても、お金があっても、力素《マナ》を含む光から彼の体を守ることはできません。ならば、私がその手助けを。モルガンは私の光魔法を喜んで受け入れてくれた、それだけで報《むく》われるのです。光魔法なんてあって当たり前と思われて、ぽいっと追放されて、私は自分のいる意味を見失いかけましたが、モルガンが私の新しい居場所を作ってくれたのです。

そのモルガンを太陽の下に出すことに——私は、成功したのでしょう。

モルガンは夏の名残《なご》りの日差しを浴び、整然と刈《か》られた芝生《しばふ》を踏み締《し》め、進んでいきます。堂々と、それは許されたことなのだと胸を張っています。庭の先にいるユーグ王子の前に立ち、こんなことを言ってしまうほど、上機嫌《じょうきげん》のようです。

「これでいかがでしょう、殿下《でんか》。僕は、吸血鬼などではありませんよ」

ユーグ王子の驚く顔は、見ものです。それもそうでしょう、世間の噂《うわさ》どおりモルガンが太陽の下に出られるとは思っていなかったでしょうし、何よりモルガンは美しいのです。幻想的《げんそう》な、まるで古《いにしえ》の伝承にあるエルフのように、銀の髪と赤茶色の目は美貌《びぼう》と相まって人の目を惹《ひ》きつける魅力《みりょく》があります。貴族が着飾《きかざ》る礼服の威厳《いげん》を最大限引き出している、とさえ思えます。

圧倒《あっとう》されているユーグ王子が黙《だま》っていると、モルガンはさらに追い討《う》ちをかけました。

「僕がこうしていられるのは、彼女のおかげです。すでに婚約《こんやく》もしてあります、殿下は横恋慕《れんぼ》をして公爵《こうしゃく》の婚約者を奪《うば》おう、とお考えなのでしょうか？」

何だかユーグ王子が驚いています。

ちょっと今、強い風が吹《ふ》いたせいでモルガンの言ったことがよく聞こえなかったのですが、婚約、という言葉が聞こえた気がします。何なのでしょう、またユーグ王子が婚約破《は》棄《き》されたのでしょうか。懲《こ》りないですね、あの人。

秋の入りの季節風のせいで、私は風下の二人の話が聞こえませんが、何かユーグ王子が慌《あわ》てているように見えます。

「な、ならば、公爵夫人として王城に奉仕《ほうし》を」

「王城に公爵夫人を呼ぶとなると、前例がありませんので、それに見合う補償《ほしょう》をしていただかなくてはなりません。我がド・モラクス公爵家は代々この地の守りを任されてきた一族。僕が王都に出向くわけにはいきませんし、彼女を手放すつもりは毛頭なく、もしそれらを解決するとしても、そのためには少なくともこの地を鉄壁《てっぺき》の防御《ぼうぎょ》で固めなければとても安心できません。それだけの額を、殿下の一存で賄《まかな》えるとは、とても」

うーん、私には断片《だんぺん》的にしか聞こえませんが、多分、ユーグ王子が押されていることは分かります。ユーグ王子は気持ちがとても態度に出てしまう方ですから、冷静沈着《ちんちゃく》なモルガンと比べてみっともなく思えます。

モルガンは大仰《おおぎょう》に、恭《うやうや》しく一礼をします。

「お答えいただけないようですね。では、交渉《こうしょう》は決裂《けつれつ》です。お帰りを」

くるり、とモルガンは帰ってきました。

私は急いで屋敷の中に戻《もど》ります。一刻も早く、モルガンの調子を見なければ。

こちらに戻ってきたモルガンの顔は、少し赤らんでいました。あれは、光を防ぎきれなかった証拠《しょうこ》です。私は通りすがりの騎士に、医者とメイドをモルガンの部屋へ呼ぶように伝え、走って先に部屋の扉《とびら》を開け放しに行きます。急いでモルガンを太陽の光の差し込まない部屋に入れないといけません。

案の定、大柄《おおがら》な騎士に抱《かか》えられるようにして、モルガンは部屋へ運び込まれました。ユーグ王子の応対は終わったのです、もう光魔法《まほう》は解除して、火傷《やけど》の治療《ちりょう》が最優先です。

そのモルガンの姿は、ところどころがまるで陽炎《かげろう》のようにぼやけていました。光魔法の効力が切れかけたのか、あるいはどこか欠陥《けっかん》があって異常を来《きた》しているのか。

私は迷った末に、ベッドに寝《ね》かされたモルガンの手を握《にぎ》り、その全身にかけた光魔法を速《すみ》やかに停止させます。普段《ふだん》なら自然に消えるまで放《ほう》っておきます、強制的に解除させるのは魔法をかけるより手間ですから。でも、今は逆に『周囲の光を取り込んで外部へ向けて光る』性質を持ったあらゆるものが、モルガンの治療のためには邪魔《じゃま》なのです。彼の姿を見えづらくさせ、火傷の場所まで分かりづらくさせてしまいます。

光魔法が停止させられて、最後の悲鳴のようにかすかな破裂《はれつ》音を何度も響《ひび》かせます。その音がしなくなるまで、私はモルガンの手を握っていました。サヴィル侍従《じじゅう》長や周囲もそれが分かっているのか、私の邪魔はしません。そんなことより、早く水に濡《ぬ》らしたタオルや体の火照《ほて》りを抑《おさ》える氷嚢《ひょうのう》、塗《ぬ》り薬をモルガンへ処置しなければなりません。

魔法の停止が終わっても、どうしていいか分からず泣きそうな私へ、サヴィル侍従長は声をかけてくれました。

「落ち着いてください、オーレリア様。あなたは仕事をこなしました、泣くことなどありません」

しかし、私は狼狽《うろた》えたままです。

「で、でも、私の魔法が不完全だったせいで、モルガン様は火傷を」

本当のところはどうだったかなど分かりません。でも、私が完璧《かんぺき》に光魔法を扱《あつか》えていたのなら、こんなことにはなりませんでした。

それが悔《くや》しくて、情けなくて、泣きそうになるのです。

光魔法なんて使えて当たり前だったのに、今必要なときにどうしてちゃんと使えなかったのか。

守りたい人を守るくらい、どうしてできなかったのか。

涙《なみだ》がこぼれそうな私の頬《ほお》に、指先が触《ふ》れました。

冷たいタオルで両目を覆《おお》われて、それでも私へどうにか触れようと、モルガンが手を伸《の》ばしたのです。

私は両手で、モルガンの手を握ります。ここにいます、と教えるために。

「大丈夫《だいじょうぶ》だよ、オーレリア。このくらい、太陽の下に出られたのなら、安いものさ」

モルガンの言葉は、本心でも、強がりでもあったのでしょう。

確かに、望んだって外には出られなかったモルガンに、外の世界を見せられました。ユーグ王子を追い払《はら》うためのはったりは、見事成功したのです。しかしその代償《だいしょう》として、モルガンの目や肌は結局焼かれてしまいました。痛みに呻《うめ》くことも、暴れることもなく、モルガンは耐《た》えています。周囲を、そして私を心配させないために、彼は強がっているのです。

その気を紛《まぎ》らわせるためか、モルガンは私へ話しかけてきました。

「オーレリア」

「は、はい！」

「事後承諾《しょうだく》ですまない、僕と婚約してもらえないだろうか」

はい？

私は涙が引っ込むかと思いました。いきなりの婚約、私がモルガンと？

「君を王城に連れ戻させないために、僕の婚約者ということにしたんだ。だから、今後の追及《ついきゅう》を逃《のが》れるためには」

さっきのユーグ王子との会話で出てきた婚約という単語は、このことか、とやっと私は気付きます。

呆《ほう》けている私へ、モルガンは一度押し黙って、それから話を続けました。

「いや、そうじゃないね。僕と君の間には、積み重ねたものがない。僕は君を信頼《しんらい》しているけど、君という女性に対して愛を示したかと言われればまだだ。これから、と言いたいところだけど、君の意思を無視するわけにはいかない」

むぎゅ、と私は口を真一文字に結びます。

積み重ねたものがないなんて言われると、何だか、こんなにモルガンを心配して、一生《いっしょう》懸命《けんめい》光魔法をかけた私の立場がないではありませんか。

あるのです。あなたが望むなら、あなたにこの思いの丈《たけ》を伝えたっていいのです。

「私は、一生、あなたのために光を灯《とも》しつづけてもいいと誓《ちか》えます。私の身分なんてたかが男爵《だんしやく》家の娘《むすめ》であり、図々《ずうずう》しいことかもしれませんが、どうぞおそばに置いてください。ただただ、私はあなたが心配なのです」


私の告白は、功を奏したようです。

あのあと、略式で婚約を結んだモルガンは治療のために、何日か寝込みました。その間にサヴィル侍従長が私へ色々と説明してくれて、ド・モラクス公爵家に嫁《とつ》ぐならば何が必要か、何をしなくてはならないか、家族をどうするか、など相談しました。

とりあえず、急に公爵夫人となるわけではないので、貴族らしい礼儀《れいぎ》作法などはゆっくり学べばいい、と聞いて、私は心底安心しました。名ばかりの男爵令嬢《れいじょう》にとって、そこは私の背中を押し潰《つぶ》すには十分すぎるほどの重荷です。そもそもモルガンが外に出ないから、たまに開く晩餐《ばんさん》会くらいしか私の出番はないのです。

いいえ、そういえばモルガンが冗談《じょうだん》なのか、私の光魔法があれば晩餐会や夜会をもっと開いて、来客を驚《おどろ》かせることができるからやりたい、と以前言っていたことを思い出しました。ちょっと、あとでモルガンに確認《かくにん》しないと。

それより、私は家族を――ロスケラー男爵家を保つために私とともに奮闘《ふんとう》している父母と兄を助けたくて、どうすればいいのかを考えました。もう商家に嫁いでいる姉はいいとして、今までどおり家へお金を送るのか、それとも――他《ほか》に選択肢《せんたくし》があるのかを知らなければ、動きようがありません。

ただ、そこはすでに、モルガンの命令でサヴィル侍従長が準備をしてくれていたようでした。

そう、もういっそのこと、家賃や税の高い王都を離《はな》れ、家族ごとド・モラクス公爵領《こうしゃく》に引っ越《こ》してしまえばいいのです。

私がド・モラクス公爵領に来て、一年近くが過ぎました。あのユーグ王子襲来《しゅうらい》事件、そして婚約《こんやく》からはざっと半年です。
私は――ユーグ王子や王城の人々に捕《つか》まってしまわないよう――王都に出向くわけにはいかないので、本来私がやるべき家族への連絡《れんらく》や引っ越しの手伝いは、モルガンとサヴィル侍従長がすべて手配してくれました。邪魔が入らないよう、わざわざ騎士《きし》団まで派遣《はけん》してくれたほどです。

もうじき雪解けの春が来るころ、王都よりも一足早い暖かい南風が吹《ふ》きはじめたド・モラクス公爵領へ、三台の馬車がやってきました。一台の旅客用馬車と、二台の貨物用馬車です。

ド・モラクス公爵領の領都の郊外《こうがい》に古い屋敷《やしき》があって、突貫《とっかん》工事で改修して、モルガンはプレヴォールアー家へ贈《おく》ってくれました。さすがにほとんど縁《えん》もゆかりもない土地で家探しは時間もかかるだろうから、それに一応は未来の公爵夫人の親族を路頭に迷わせるわけにはいかない、とのことです。何だか、申し訳ないくらい尽《つ》くしてもらっている気がしましたが、先回りしてサヴィル侍従長は「普通《ふつう》、公爵が花嫁《はなよめ》を迎《むか》えるならその実家への支《し》度金《たく》や援助《えんじょ》や交際費など、家が傾《かたむ》きかねないほど莫大《ばくだい》な金銭が必要です。それに比べれば、あなたの家への支援《しえん》額など本当に微々《びび》たるものですよ。王城に人質《ひとじち》に取られないためにも、必要な措置《そち》ですから」とフォローしてくれていたので、まあそうだよね、と気が楽になりました。貧乏《びんぼう》でよかった、ということにしておきます。

郊外の屋敷の前で待っていた私は、馬車から降りてきた家族――一年ぶりに顔を合わせる父母と兄の姿を見て、飛び跳《は》ねて喜びました。

「お父様、お母様！　お兄様も！」

「おいおい、俺はついでか」

なんてな、などと兄は言いながら、私の頭を思いっきり撫《な》でました。淑女《しゅくじょ》になんてことを、と振《ふ》り払う間もなく、騎馬《きば》警察官の制服を着たままの兄はさっさと荷物を下ろしに行ってしまいました。

その代わり、私は久々の父と母に、甘えることができます。

「オーレリア、久しぶりね」

「元気だったかい？」

旅装の二人は、思っていたよりも元気そうでした。旅の疲《つか》れも、家族との再会で吹っ飛んでしまったようで、父は私をぎゅっと抱《だ》きしめてくれました。

私はすっかり子どもに戻《もど》って、元気よく返事をします。

「うん！　ちゃんとお仕事しているわ！」

「それはよかった。お前のおかげで、踏《ふ》ん切りがついたよ」

何の話だろう、と私が首を傾《かし》げていると、父は私の肩《かた》を叩《たた》いて、せいせいしたとばかりにこう言いました。

「ロスケラー男爵位は返上した。私たちは、もう平民だよ。家を維持《いじ》する必要もなくなった、お前に迷惑《めいわく》ばかりかけて、すまなかった」

父は、深々と私へ頭を下げました。

迷惑、そんなことは考えたこともありませんでした。家のために働くのは、当たり前のことだから。父も母も兄も、精一杯《せいいっぱい》やっていたのだから、私も同じようにするだけだと思っていました。

それが——そういうふうに思われてしまうということは、何だか寂《さび》しい気もしますが、これは父なりの誠意です。無視や拒絶《きょぜつ》をするわけにはいきません。

「お前はド・モラクス公爵家の一員だ。私たちを顧《かえり》みる必要はない、大丈夫だよ。こちらはこちらで、公爵閣下のご配慮《はいりょ》もあって騎馬警察官の職は続けられるから何とかなる。たまに顔を見せてくれれば、嬉《うれ》しいがね」

ならば、今日はきっと、悲しむのではなく、喜ぶべき門出の日なのです。

「分かった！　結婚《けっこん》式、楽しみにしていてね！　そうだ、その前に一度モルガンに会ってほしいの」

「ああ、そうだね。世話になりっぱなしだし、挨拶《あいさつ》をしておかないと」

「きっとお父様もお母様も驚くわ！　だって、モルガンは」


——だって、あの人は。

私の大切な、王子からだって太陽からだって守りたいあの人は。

「とっても、いい人だから！」

誰《だれ》よりも、優《やさ》しく、誠実で、心配りのできる人。

私の婚約者は、モルガン・ド・モラクスは、私が誇《ほこ》るべき夫となる人なのですから。


薄暗《うすぐら》い室内でも、季節を楽しむことはできます。

大輪の白百合《しらゆり》たちを花瓶《かびん》に生けて、テーブルに置きます。

私が手をかざすと、少し遅《おく》れて白百合たちはほのかに青く光りはじめます。その不思議な光景に、モルガンは少年のように瞳《ひとみ》をキラキラさせていました。

「すごいな。花がまるでガラス細工のように美しく……これほど精巧《せいこう》なものを見られたのは初めてだ。夜の庭では、花は閉じてしまっているから」

「楽しんでいただけて何よりです」

私まで嬉しくなるほど、モルガンは喜んでいました。

モルガンの執務《しつむ》室は、棚《たな》や絨毯《じゅうたん》、壁《かべ》の模様などに、私の光魔《ま》法《ほう》をかけて淡《あわ》く光らせています。明るすぎず、暗くもなく、モルガンは書類の文字がよく見えるようになったと大喜びです。今までは何となく読んだり、ランプの火に近付いてさっと読んだり、もしくはサヴィル侍従《じじゅう》長に口頭で読んでもらったりしていたようです。

「オーレリア、ガラスや宝石を光らせることはできるかい？」

「はい、可能です」

「ただ光らせるより、そちらのほうが美しいし、見て楽しむことができる。皆《みな》にも自慢《じまん》したいんだ、君がこんなことまでできる、と」

自慢したい、などと言われたのは初めてです。

今まで私の魔法は、当たり前のように扱《あつか》われてきていました。だって、いくら希少な属性であっても、何となれば蠟燭《ろうそく》で代替《だいたい》ができる、と思われていたからです。それに、希少さを理解できない人々からは、魔法が使えるから何だ、パンを焼くこともできない、荷物を運ぶこともできない、ましてや貴族らしい教養を持たない令嬢《れいじょう》が嫁《よめ》に行けるか、などと言われてきました。事実ではあります、私はそんなこと一つもできません。

でも、モルガンは私の光魔法を褒《ほ》めて、楽しんでくれています。役に立つから、というよりも、喜んでくれるから、私は魔法を使いたいと思うのです。

薄《うす》い光が、モルガンの白銀の髪《かみ》を照らします。神秘的で、輝《かがや》くような髪です。

「オーレリア、君にはたくさん頼《たの》みたいことがあるんだ。ずっとここにいてほしい」

「あ、ありがとうございます。そこまで言っていただけるなんて、光栄です」

「比喩《ひゆ》や世辞じゃあない。僕は、君がいてくれないと困るんだ」

モルガンのその言葉の意味を、そのときの私はよく理解していませんでした。

あとになって分かるのです。モルガンは、こう言いたかったのです。

「君は僕に光を楽しむことを教えてくれたんだ。苦痛でしかなかった光が、こんなにも美しいとは思わなかったし、君の光で照らされた僕を見て、皆が沸《わ》き立って褒めてくれる。こんな僕でも、生きる希望さえ湧《わ》いてきた。だから」


だから、君とずっと一緒《いっしょ》にいたい。


モルガンが私を呼んでいます。

「今行きます。昨日いただいた蝶《ちょう》の髪飾《かみかざ》り、きれいに光っていますよ」

私の指先が文字を光らせられなくなるまで——私はド・モラクス公爵《こうしゃく》家お抱《かか》えの光魔法の使い手です。

そこに公爵夫人、という肩書《かたが》きがつき、私の子どもたちが父親のために無邪気《むじゃき》に光魔法を使うようになるのは、そう遠い未来ではありません。


王城からオーレリアがいなくなって、しばらく経《た》ったころ。

広い王城はどこも暗がりばかりで、夜には皆ランプや燭台《しょくだい》を手に歩き回っていました。ぶつかって危《あや》うく絨毯に火が燃え移る事故も起き、皆がピリピリしています。

ついには国王が宰相《さいしょう》ウォールドネーズを呼び出し、昨今の事態の原因を尋《たず》ねます。

「ウォールドネーズ、これは一体どういうことだ。なぜ王城が薄暗くなった？」

「陛下、ようやくお尋ねくださいましたな。ええ、これはユーグ王子のおいたが原因でしてな」

「ユーグが？」

「先に、婚約者《こんやく》のフィリア公女殿下《でんか》から婚約破棄《はき》を突《つ》きつけられたでしょう」

「ああ、あれか。ユーグに原因を聞いても知らぬ存ぜぬで、頭を痛めていたところだ」

「陛下からの下問がないかぎり、とても臣たる私めからは口にできぬ事情がございました」

そう言って勿体《もったい》ぶって、ウォールドネーズは国王へ先の一件――ユーグ王子とアフリア侯爵令嬢《こうしゃくれいじょう》ソランジュとの密会、その現場を見てしまったオーレリアの処遇《しょぐう》について語って聞かせます。

当然ながら、国王は怒《いか》りをあらわにします。ユーグ王子に対して、です。

「すると、何か？　ユーグがその光魔法の使い手を理不尽《りふじん》にも解雇《かいこ》したせいで、王城が暗くなったと？」

「ええ、そのとおりです、陛下。私がこのことを知ったときにはもう、彼女は王都から離《はな》れていました。そして最近聞き及《およ》んだところによれば、ド・モラクス公爵家が召《め》し抱えたとのことです」

「ド・モラクス公爵家？　むう、返してくれとも言えぬか」

「左様ですな。光魔法の使い手は本来貴族が召し抱え、手放さぬ第一の家宝であり、決して部外者には触《ふ》れられぬもの。それをユーグ王子は自らの失態のため、手放させたのです」

ユーグ王子が知ってか知らずかはともかく、結果的にはそうなりました。ウォールドネーズはしれっとそう答えます。

激昂《げきこう》した国王は衛士へ言いつけます。

「ええい、ユーグを呼べ！　それからダキアもだ、指示を出した官僚《かんりょう》の名前を吐《は》かせろ！」

大慌《おおあわ》てで出ていく衛士たちを尻目《しりめ》に、ウォールドネーズはさらなる現実を国王へ突きつけました。

「陛下、代わりの光魔法の使い手を雇《やと》うとなりますと」

「おお、手はあるのか？」

「他国の例となりますが、隣国《りんごく》シャルトナー王国では伯爵《はくしゃく》の爵位と領地を与《あた》えて光魔法の使い手を召し抱えたそうです。また、クエンドーニ共和国では国賓《こくひん》として迎《むか》えられた、と」

その言葉の意味するところは、つまるところすぐには無理です、というところでした。

そもそも光魔法の使い手はきわめて珍《めずら》しいのです。なのにリュクレース王国王城では普《ふ》通《つう》にオーレリアを採用できたため、その希少性にまったく気付かなかったのです。

ウォールドネーズと、オーレリアの直属の上司だったブレナンテ伯爵を除けば。

「なぜ今まで重用しなかった⁉」

「平和でしたからな、我が国も」

ウォールドネーズは他人事《ひとごと》です。たまにはお灸《きゅう》を据《す》えたほうがいい、とばかりに落ち込んだり怒《おこ》ったりする国王を見下ろしていました。

そうしてユーグ王子とダキア王妃《おうひ》は呼び出され、新たな光魔法の使い手を探してくるよう厳命され、王城から二人揃《そろ》って追い出されましたとさ。


ここまで母の話は、なんだかおかしくて、つい笑ってしまうことばかりでした。父のちょっと強引《ごういん》な婚約や母の家族の決断、そしてどうなったのかも分からないお馬鹿《ばか》な王子と、たくさんの愉快《ゆかい》な物語でした。

これは、いわゆる恋《こい》や愛の類《たぐい》の話なのだろうか、とも思いますが、母はこう言いました。

「人によって、愛の形は違《ちが》うわ。私の場合、あの人への愛は、あの人のために使う光魔法という形で表現したの。でも、それは私の、オーレリア・ド・モラクスの話。エスター、あなたは私とは違う形で、イヴ様へ愛を示しなさい」

私は、はしたなくも吹《ふ》き出しそうになりました。

「ど、どどど、どうしてそこでイヴの名前が出てくるの!?」

「あら、イヴ様はあなたの恋人《こいびと》でしょう？」

「うん、そう……そうなの！　そうなんだけど！　……まだ恥《は》ずかしい」

「ふふ、やっぱり、私とは愛の形が違うし、その道のりも違うわね。でも、きっとそういうものよ。私とあなたは違うわ、でも人を愛していることは同じでしょう？」

私は頷《うなず》きます。私にも、愛する人はいるのです。まだまだどうすればいいか分からず、恋人らしくはないものの、いずれはちゃんとあの人にふさわしい恋人になるのです。

「私、イヴのために、何ができるかしら」

ぱちぱちとささやく暖炉《だんろ》に向けての、私の独り言に、母は答えます。

「光魔法《まほう》の使い手でも、公爵令嬢《こうしやくれいじよう》でも、なんでもいいの。イヴリース・リュクレース・フォン・エルミラントの恋人、エスター・ド・モラクスは、私の自慢《じまん》の娘《むすめ》だもの。たくさん愛して、たくさん愛されて、幸せになりなさいね」

私にかけられた母の言葉は、優《やさ》しく、愛を知る人の言葉でした。

いつか私も、そうなりたい。

その思いを胸に、イヴに会える明日《あした》を心待ちにしています。

あとがき

初めまして、ルーシャオです。挨拶《あいさつ》としてSSを書きました、どうぞお読みください。

【未来の話】


少し前に、父とこんな話をしました。

「エスター、未来の話をしよう。君とイヴリース王子殿下が結婚して、そのあとまでの話を、ちゃんと考えておかなければならない」

「はい、お父様」

「ド・モラクス公爵家はレナトゥスが継《つ》ぐことになるが、もし何かあったときのために、イヴリース王子殿下には代役を務められるよう準備をしていただこうと思っている」

「準備、ですか？」

「ああ、大したことじゃないよ。たとえば公爵となったレナトゥスがいきなり放浪《ほうろう》の旅に出てしまったとき、帰ってくるまでの代役が必要だろう？」

私は父の言わんとすることは分かりましたが、そもそも公爵が放浪の旅に出ること自体おかしいと指摘《してき》したほうがいいのでしょうか。いえ、父の懸念《けねん》はよく分かります。兄は思い立ったらすぐ行動しますので、何かやりはじめたときに止められるとは限らないのです。

「私はレナトゥスのやりたいことはやらせてあげたいし、エスターに対してもそれは同様だ。義理の息子となるであろうイヴリース王子殿下ももちろん同じ、だから皆《みな》が協力して、皆のやりたいことをやれるようにするには、どうすればいいのか。それを考えた結果が、ド・モラクス公爵の代理となれる人物を用意しておくこと、となる」

なるほど、父はやはり兄に甘いです。甘やかすから、と言いたくなるのを抑《おさ》えて、私は父へこう言いました。

「お父様、イヴは学者として生きていきたいのですから、公爵の代理は私がやります。大《だい》丈夫《じょうぶ》です、もし何か問題があればお父様やお母様、イヴに頼《たよ》ります。それではだめですか？」

「かまわないが、エスターが自分から立候補するとは思わなかったな」

「私だって、もう大人です。やれることをやって、誰《だれ》かの役に立ちたいのです」

「そうか。成長したね、エスター」

父はそう褒《ほ》めてくれました。

「なら、勉強をしなくてはいけないね。少しずつ、やっていこう」

「はい！」

この本を手に取ってくださった読者の方々、イラスト担当のカラスＢＴＫ様、書籍化に尽力《じんりょく》してくださった角川ビーンズ文庫編集部の白浜様へ。
Avec tous mes remerciements!（多くの感謝を込めて！）

ルーシャオ

「公爵令嬢エスターの恋のはじまり 王子様は私のよわよわ光魔法をご所望です」の感想をお寄せください。
おたよりのあて先
〒102-8177 東京都千代田区富士見2-13-3
株式会社KADOKAWA 角川ビーンズ文庫編集部気付
「ルーシャオ」先生・「カラスBTK」先生
また、編集部へのご意見ご希望は、同じ住所で「ビーンズ文庫編集部」
までお寄せください。

公爵令嬢《こうしやくれいじよう》エスターの恋《こい》のはじまり
王子様《おうじさま》は私《わたし》のよわよわ光魔法《ひかりまほう》をご所望《しよもう》です

ルーシャオ

角川ビーンズ文庫 23574

令和5年3月1日 初版発行

発行者―――山下直久
発 行―――株式会社KADOKAWA
〒102-8177 東京都千代田区富士見2-13-3
電話 0570-002-301(ナビダイヤル)
印刷所―――株式会社暁印刷
製本所―――本間製本株式会社
装幀者―――micro fish

●お問い合わせ
https://www.kadokawa.co.jp/ (「お問い合わせ」へお進みください)
※内容によっては、お答えできない場合があります。
※サポートは日本国内のみとさせていただきます。
※Japanese text only

ISBN978-4-04-113590-7 C0193 定価はカバーに表示してあります。